公女殿下の参謀様

～『厄災の皇子』と呼ばれて忌み嫌われて殺されかけた僕は、
復讐のために帝国に抗い続ける属国の公女殿下に
参謀として取り入った結果、最高の幸せを手に入れました～

1

サンボン
sammbon

illust. 大河

CONTENTS

プロローグ	—厄災の皇子—	003
第一章	独りぼっちの公女殿下	017
第二章	白銀の戦姫	066
第三章	埋伏の侯爵	113
第四章	モルガン第二皇子との会談	160
第五章	〝王太女〟リューディア	242
エピローグ	「じゃあね」	296

プロローグ

――厄災《やくさい》の皇子《おうじ》――

僕は、生まれてきてはいけなかったのだと、全ての人からそう言われ続けてきた。

ガニア大陸最大の国、メルヴレイ帝国の現皇帝であり父であるブレゾール＝デュ＝メルヴレイから、二人の兄、第一皇子のマクシムから、第二皇子のモルガンから、宰相から、大臣から、貴族から、ただの使用人達から、民衆から、大人から小さな子どもまで。

――厄災の皇子、ヴァレリウス。

それが、僕の名前だ。

厄災の始まりは、僕という生命の誕生と引き換えに、母である第二皇妃、クローディア＝デュ＝メルヴレイの命が奪われたこと。

当時、母は〝聖女〟と崇められており、王侯貴族だけでなく全ての国民は、第三皇子の誕生よりも聖女の死を悼んだ。

しかも、僕の髪と瞳は、どちらも黒色だった。

父と母はどちらも、髪も瞳も黒ではないというのに。

そう……僕は生まれた時から、誰からも祝福されることはなかった。

物心ついた四歳の時、僕は初めて父である皇帝陛下に謁見することとなった。

それまで僕は、一度も父に会ったことがなかった。

だから、侍女に父に会うのだと聞かされ、心をときめかせたことをおぼろげながらも覚えている。

でも。

『クローディアの命を奪った者など、見たくもない』

それが……僕が聞いた、最初で最後の父の言葉だった。

その後の僕は、皇宮の敷地の一番端にある屋敷で、一人暮らすこととなった。

どうやら、皇帝陛下から絶対に視界に入れるなとの命令が下ったらしい。

だから僕はあの日以来、皇帝陛下の姿を見たことはない。

でも、父である皇帝陛下と会うことはなくなったものの、二人の兄とは何度か顔を合わせることがあった。

といっても。

『この人殺し』

『半分とはいえ、オマエと血が繋がっているなど、反吐が出る』

二人の兄は、僕を見るたびに容赦ない罵声を浴びせ続けた。

そんな僕の姿を見ている使用人達も、嘲笑を浮かべるばかりで誰も庇ってくれたりなんてしない。

それどころか、食事や衣服も満足に与えられることはなく、僕はいつもひもじい思いをしていた。

そうして、惨めな生活を送り続けていた、七歳の時。

北方の異民族国家、サヴァルタ公国《こうこく》がメルヴレイ帝国に宣戦布告した。

もちろん、大国であるメルヴレイ帝国はサヴァルタ公国を見事打ち倒し、むしろ属国に加える結果となった。

だけど皇帝陛下は、これまで一度も牙を剥いたことがなかったサヴァルタ公国が戦を仕掛けたのは、聖女を失ったことによる厄災によるものだと宣言した。

そうなると当然、矛先は母が死んだ原因である僕へと向けられることとなる。

それからも、帝国内によくないことが起こるたびに、それらは全て厄災によるものであるとされ、僕はいつしか全ての帝国民から忌み嫌われる存在となっていた。

皇宮から一歩も出たことがない僕が、どうしてそのことを知っているかって？

それは、二人の兄や使用人達が、いつも僕を見ながら嬉しそうに話していたから。

そして……僕が生まれてから帝国内で起こった悪い出来事の全てが、僕のせいであると帝国に正式に認定された、八歳の時。


——僕は、皇宮の北の端にある塔の中へと幽閉された。

◇◆◇◆◇

塔の中は薄暗く、使用人すらもおらず、毎日一度だけ食事が届けられる生活になった。

夏になれば塔の中はとても暑くなり、冬は凍えるような寒さになる。

食事も硬いパンと野菜くずのスープという質素なものになり、水さえも満足に飲むことができなかった。

服だって今着ているものしかなく、着替えだってままならない。

眠る場所も、木の板に藁を敷いただけの簡易なものだった。

でも……この塔には、たった一つだけ娯楽があった。

塔の地下にある古びた部屋の、ほこりを被った本の山だ。

おそらく、この塔は元々書庫か何かなのだろう。

それが長い間使われてなかったものだから忘れさられて、そのままになっていた。

幸いなことに、この塔へは扉の小窓から食事が差し入れられるだけで誰も入ってこない。

だから僕が本を読むことを、誰も咎めたりする者はいなかった。

僕は毎日、食事や寝ることも忘れるほど、地下の本を読むことに没頭した。

本の内容は、どれも難しいことばかり書いてあったけど、それでも何度も読み返しているうちに少しずつ理解していった。

それに、本の内容を別の本で調べたりして、色々と自分なりに考えたりすることは楽しくて仕方がなかった。

そんな読書三昧の毎日を送り続け、気づけば僕は十六歳になっていた。

でも、僕の暮らしは変わらない。

おそらく死ぬ時まで、僕はこの塔で本を読み続けるんだろう。

本が色あせてしまっても、何度も、何度も、繰り返し。

今では本をめくらなくても、諳《そら》んじて読むことができるというのに。

すると。

——カタン。

塔の入口で、音が鳴った。

この音も、僕が塔に幽閉されてから毎日聞き続けてきたもの。

どうやら、もう夕食の時間みたいだ。

僕は入口へと向かい、食事の乗ったトレイを……って。

見ると、今日はいつもの硬いパンと野菜くずのスープじゃなくて、ふわあああ……！　このパン、すごく柔らかい！

それに、スープの中にお肉まで入っているよ！

僕にはそれが信じられなくて、思わず白分の頬をつねってみる。

痛い。夢じゃないみたいだ。

どうしてこんな豪勢な食事なのか理解できなかったけど、僕は嬉しさのあまりすぐには食事に手をつけずに、食事の乗ったトレイを色んな角度から眺めて堪能した。

「プッ」

「クク……！」

……入口の扉の向こうから、笑い声が聞こえた。

それも、まるで馬鹿にするかのような、そんな笑い声が。

いつもなら、食事を運んでくる者は舌打ちや罵倒する声ばかりなのに。

その瞬間、僕は悟った。

目の前の豪勢な食事を見てはしゃいでいたことが情けなくて、気づけば僕は涙を零《こぼ》し、肩を震わせた。

……これは、最後の晩餐なんだ。

とうとう僕は、息をすることすら許されなくなってしまったんだ。

「僕が一体、何をしたっていうんだよ……っ」

毒入りの食事を眺めながら、そう呟く。

僕は、何も望んだりなんかしちゃいないのに。

僕は……この塔の中で息を潜めていただけなのに。

だけど、この食事を拒否したところで、明日も、明後日も、その次の日も、僕がこの食事に口をつけるまで延々と繰り返されるんだろう。

最後は服毒死か餓死か、どちらかの選択を迫られる。

結論は、どちらを選んでも死しかないのに。

「もう……嫌だ……」

僕がこの世界にいることが、そんなに罪なのですか？

僕は、そんなに罪深いことをしたのですか？

誰も答えてくれることはない問い掛けを何度も反芻しながら、僕の右手がゆっくりと動く。

そして。

僕は、初めて食べる柔らかいパンをかじった。

「ウ……グ……ッ!?」

何度か噛みしめて飲み込むと、僕は床にのたうち回りながら喉と胸を掻きむしる。

苦しい！　苦しい！　苦しい！

そうしているうちに、とうとう僕の口から血が零れ始めた。

もうすぐ僕は、死ぬみたいだ。

その時。

「い……や、だ……死にたく、ない……よぉ……っ」

僕は声にならない声で叫ぶと、無意識のうちに指を口の中に突っ込んでいた。

あのパンを……毒を、吐き出すために。

「うえ……うえぇぇぇぇ……」

形をなくしたパンのようなものが、血と一緒に口の中から零れる。

でも、この苦しさから一向に解放される気配はなかった。

僕は……死ぬ、んだ……。

どうして？

どうして僕は、死ななくちゃいけないんだ？

そんな自問自答を繰り返し続け。


――世界が、黒に染まった。

◇◆◇◆◇

「……ハッ!?」

――ゴチン。

「〜〜〜〜〜〜〜〜〜〜〜っ!?」

目を覚ました僕は、勢いよく体を起こした瞬間、何か硬いものに額をぶつけてしまった。

視界は暗闇で、僕はおそるおそる体の周りに手を伸ばす……だけの広さはないらしい。

どうやら、僕はどこかに閉じ込められているみたいだ。

「はは……ここが、あの世ってところなのかな……」

結局、僕は死んだんだろう。

ここは死後の世界で、この狭い空間に閉じ込められているに違いない。

そう思ったんだけど。

「……あれ？　動く？」

手で押してみると、目の前にある壁が少しずれた。

どうやら、これは動くみたいだ。

僕は力を込め、その蓋のようなものを動かしてみると。

「これ、は……」

蓋が外れ、体を起こしてみると、そこは大きな石室だった。

しかも、自分が入っていたものも含め、多くの棺桶が並んでいた。

ここは、墓だったようだ。

それに。

「棺桶の豪華さやこの石室の規模を見る限り、ここは皇室の墓なんだろうな……」

ははは……あんな塔に閉じ込めていたくせに、死んだら一応は皇室として扱ってはくれるんだな。

でも。

死んでしまえば、そんなものになんの意味もないというのに。

「僕は……生き返った、のか……？」

胸に手を当て、心臓の音を確かめると……うん、正常に動いている。

間に合わなかったと思っていたけど、毒を吐き出すことができたから、致死量には至らずに仮死状態となっていただけのようだ。

その、瞬間。

「ああ……あああ……あああああああああああああああッッッ！」

僕は崩れ落ち、叫びながら拳で床を叩きつける。

何度も、何度も、何度も。

僕は殺されそうになった。

ただ理不尽に、ただ無慈悲に。

こんな馬鹿な話があるか！

こんなふざけた話があるか！

怒り、悲しみ、悔しさ、口惜しさ、そんな全ての感情がない交ぜになり、どす黒い感情が胸の中に渦巻く。

ああ……そうだ。

僕は、何一つ与えられることもなく、何もかもを奪われた。

人としての尊厳も、人並みの最低限の暮らしも、ほんの些細な幸せも……その命さえも。

なら、今度は僕の番だ。

僕は……僕から全てを奪った全ての者に復讐する。


――メルヴレイ帝国の全てに、厄災を。

◇◆◇◆◇

「だけど……さて、これからどうする……？」

僕は石室の中をぼんやりと照らす魔道具のランプの明かりを眺めながら、今後について思案する。

はっきり言ってしまえば、僕にはなんの力もない。

八歳の時に塔に幽閉された僕には、当然ながら個による武の力なんて望むべくもない。

あるのは精々、九年の間ひたすら読み漁ってきた、あの書物に記されていた全てのみ。

だが。

「……悲観していても始まらない、か」

僕はかぶりを振り、また考えを巡らせる。

そういえば……僕が読んだ書物の中に、同じく復讐に燃える男が、いずれそれを果たした伝記がいくつかあったな。

そう思い至った僕は、頭の中に所蔵されているその伝記を取り出して、もう一度読み返してみる。

「……これは使えるかもしれない」

そう呟くと、僕は口の端を持ち上げた。

とはいえ、策は浮かんだものの、それを実行するためにはこの僕を庇護してくれる国を見つけないといけない。

それも、メルヴレイ帝国に対して恨みを持ち、虎視眈々《こしたんたん》とその首を狙っているような、そんな国が。

「……まずは、ここを出るところから始めよう」

まだ先行きが不透明ではあるけれど、少なくともこれから僕が進むべき道筋は決まった。

なら、こんな死が充満しているような場所に、いつまでもいるわけにはいかない。

僕は、石室の壁に灯る魔道具のランプ伝いに中を進む。

だけど、やはり出入口は厳重に封鎖されており、僕一人の力では開きそうにない。

「……こういう皇族や王族の墓というのは、抜け道があると相場が決まっている……まあ、所詮は書物の受け売りではあるけど」

独り言ち、僕は苦笑する。

そして再びあの石室へと戻り、壁や床を叩いて丁寧に確認していくと。

——コン、コン。

一か所だけ、他の壁や床とは異なり、空洞の中に響く音。

どうやらここが、抜け穴のようだ。

僕は自分が入っていた棺桶の蓋を取り、音の違う壁目がけて突き出してみる。

「っ！　開いた！」

壁が脆くも崩れ、暗闇の続く抜け道が現れた。

僕は壁のランプを一つ取り、ひたすら抜け道の中を進んでいく。

「よ……っと」

行き止まりまでたどり着いて壁を押し込んでみると、ゆっくりと動き、隙間から光が差し込む。

「ここ、は……？」

小さな石室の床に、魔法陣が描かれていた。

どうやらこれは、いわゆる〝ゲート〟と呼ばれる転移魔法陣のようだ。

なら。

「このゲートが、どこへ通じているのか……」

僕はゴクリ、と唾を飲み込み、ゆっくりと魔法陣の上に足を踏み入れる。

「っ!?」

息を呑んだ瞬間、気づけば僕は……。

「外……だ……」

そこは、大きな岩が数多く転がる岩山だった。

でも、僕にとっては塔に幽閉されてから数えて九年振りに見た、外の景色。

「あああ……っ！」

こんな殺風景な場所なのに、僕は感動のあまり、声を漏らしながらただ立ち尽くしていた。

第一章　独りぼっちの公女殿下

「ハア……ハア……ッ」

外に出た僕は、とにかく人を避けて国境を目指す。

この薄汚れた格好では絶対に怪しまれるだろうし、何より……僕のこの黒色の髪と黒の瞳を見られてしまったら、絶対にただでは済まないだろうから。

とはいえ、国境までは何日もかかる上に、食料も水も一切ない。

このままでは、国境にたどり着くまでに僕は倒れてしまうだろう。

だから僕は、途中にある村や民家を見つけては、畑の野菜を盗んで飢えをしのいだ。

それに、僕には盗むことへの抵抗感や罪悪感は一切なかった。

だって……この帝国に暮らす者は全員、全ての厄災を僕のせいだと押し付け、罵倒し、恨んでいた連中……つまり、僕の敵なのだから。

実際、盗んだポンチョのフードを被って姿を隠しながら国境を目指して旅を続けていると、帝国民達は口々に語っていた。

『〝厄災の皇子〟が死んでくれたおかげで、やっとこの国はよくなる』

『勝手に死ぬくらいなら、最初から殺しておくべきだった』

どこに行っても、どんな会話を聞いても、僕の話題ばかりだった。

それだけ、僕はこの国で忌み嫌われているのだ。

なら僕だって、オマエ達を全員敵とみなすだけだ。

口惜しさに唇を噛みながら、僕は街道を踏みしめる。

そして。

「ここがデュールの街か……」

僕はとうとう、メルヴレイ帝国の国境の街へとたどり着いた。

この街さえ越えれば、僕は忌まわしい帝国から逃れることができる。

「さて……じゃあ行こうか」

途中の村で盗んだ、偽りの身分証を街の衛兵に見せる。

「よし、通っていいぞ」

「ありがとうございます」

許可を受け、僕が街の中へと足を踏み入れると、やはり帝国最北端の街だけあって、一足早く冬の装いを見せていた。

「……この国での最後の夜だ。せめて、ベッドで眠りたいな」

そう考え、僕は宿を物色することにした。

もちろん、街で最も安い宿を。

「……素泊まりなら銅貨三枚だ」

「じゃあ、これで」

不愛想な宿の主人に宿賃を支払い、あてがわれた部屋へと入る。

「あはは……ベッドなんて、二か月ぶりだ」

僕は早速ベッドの上に寝転がり、感触を確かめる。

もちろん安宿だから、あの塔と同じように、木の板の上に藁を敷いてあるだけの質素なものだけど、それでも、ここまでの道程を考えれば最高の贅沢だ。

「……もう一度、今後について整理してみようか」

天井を眺めながら、僕はそう呟く。

この国を出た後、復讐を果たすために僕を受け入れてくれそうな国については、この二か月の間に収集した情報を元に、いくつか目星を付けてある。

一つは、東方の大国であるメガーヌ王国。

メルヴレイ帝国とは異なる文化と宗教を持ち、過去から現在まで国境付近では小競り合いが続いている。

おそらく、帝国を打倒することができるとすれば、この国をおいて他にないだろう。

ただし、僕を受け入れてくれるかといえば微妙なところだ。

なんせ、メガーヌ王国にとって僕を受け入れるメリットがほとんどない。

肥沃《ひよく》な土地、屈強な兵士、豊富な人材……あの国には、必要なものが既に全て揃っている。

仮に受け入れてもらえたとしても、精々客人として末席に座るのが関の山だろう。

もう一つは、ここデュールの街を抜けた先にあるメルヴレイ帝国の属国の一つ、サヴァルタ公国。

この国は、僕が七歳の時に帝国に宣戦布告し、そして敗れた国。

当時の公王、アードルフ＝ヴァレ＝サヴァルタは公国の民衆の前で見せしめとして処刑され、それ以降、サヴァルタ公国は属国となった。

その時の影響が大きいからだろう。サヴァルタ公国は、ことあるごとに帝国に対して恭順を示してきた。

それはもう、卑屈と思えるほどに。

だから帝国民の間でも、サヴァルタ公国は『腰抜けの情けない国』という評価となっており、サヴァルタ人は嘲笑と侮蔑の対象となっている。

「……さすがに、サヴァルタ公国では帝国の相手にはならないかもしれない」

属国という立場を除いても、サヴァルタ公国の国力はかなり低い。

北方という寒い地域だけあって作物はあまり育たず、土地もやせ細っている上、そのようなところだから人材にも乏しい。

ただし。

「その分、僕が入り込む余地は十分にある」

そう……そんな国だからこそ、外からの人材に対して受け入れが寛容だともいえる。

その上で、僕が塔の書物で得た知識を活かし、公国内で頭角を現すことができれば……。

「ふう……少し、頭を冷やそう」

僕はかぶりを振ると、ベッドから起き上がって部屋を出た。

もちろん、この髪を見られないようにフードを被って。

「……国境の街だというのに、あまり活気がないな」

街中へと出てみたものの、大通りは閑散としていて歩いている人も少ない。

まあ、国境とはいえ接している国はサヴァルタ公国しかないのだから、仕方ないのだけど。

大通りを練り歩きながら、帝国での最後の食事をする店を物色すると……あ、ここなら安く済みそうだ。

僕は店の扉に手をかけ、中へと入る。

「いらっしゃい」

店には、テーブル席でご機嫌な様子で酒を飲んでいる三人の男と、カウンターに座るフードを被った……性別までは分からないな。とにかく、全部で四人の客がいた。

「パンとスープ、それにミルクを一つ」

「あいよ」

注文を済ませ、僕はフードを被った人物から最も離れたカウンターの席に座る。

すると。

「ちょっとあなた、聞きたいのだけど」

フードを被った人物……いや、この声は女性か？

その女性が僕に話し掛けてきたが、随分と高圧的な物言いだな……。

「は、はあ……」

僕は一切目を合わせることもなく、顔を伏せながら曖昧に返事をする。

「最近の帝国内でのこと、知っていることを教えなさい。例えば、帝都での最近の出来事とか」

「帝都での出来事、ですか……でしたら、〝厄災の皇子〟と呼ばれた、あの第三皇子が死んだそうですよ……」

突然そんなことを聞いてくる彼女を訝しむも、その態度から面倒だと感じた僕は、早く彼女から離れるために、帝国民なら誰しもが喜ぶ出来事を、顔を背けながらポツリ、と告げた。

「ああ……あの。生憎だけど、そんなくだらない話はどうでもいいから、他の話はないの？」

「っ!?」

その言葉に、僕は我を忘れて彼女へと視線を向けてしまった。

だって……僕を忌み嫌っている帝国民なら誰しもが諸手を上げて喜ぶはずなのに、この女性はそれをくだらない話だと一蹴してしまったのだから。

「あの！　あなたは……！」

僕が彼女に尋ねようとした、その時。

「貴様か。最近この街で根掘り葉掘り国情を聞き回っている、サヴァルタ人というのは」

「あっ!?　何をするの!?」

さっきまでテーブルで酒を飲んでいた男の一人がいつの間にかカウンターに来ていて、彼女のフードを強引に引っ張った。

すると。

――現れたのは、驚くほど綺麗な女性の顔だった。

プラチナブロンドの綺麗な長い髪、ルビーのように輝く真紅の瞳、整った鼻筋、雪のように白い素肌に映える紅い唇。

僕だけでなく、フードを取った男も、思わず見惚れて固まってしまっていた。

だけど……先ほどのこの男の言葉から察するに、どうやらこの街の衛兵のようだ。

このままだと彼女は、この男に連行されて酷い目に遭わされるだろうな……。

なんせ、衛兵の言葉どおりだと、彼女はサヴァルタ人なのだから。

さて……ここで変にかかわってしまったら、僕が国境を越えることに支障をきたしてしまう可能性がある。

でも。

だから彼女を置いて、この店から逃げ去るのが得策だろう。

「す、すいません！　彼女、実は僕の知り合いで、たまにこうやって揶揄ったりするところがあるんです！」

気づけば、僕は二人に割って入り、彼女を背中に隠していた。

「何だ貴様は！」

「すいません！　すいません！　本当にすいません！」

何かを言おうとする男の言葉を無視し、ただひたすら頭を下げて謝り続ける。

その隙に店から立ち去るよう、僕は彼女に後ろ手で合図をした。

「いや、すいません！　本当に！」

「いい加減、頭を下げるのを止めろ……っ!?」

僕が邪魔をしている隙に、彼女が店から飛び出した。

「この！　待てっ!?」

「うわあ!?」

すぐに追いかけようとした男にわざとぶつかり、僕は吹き飛ばされた。

しかも、都合よく店の外へと。

今だ！

そう考えた僕は、同じく一目散にその場から走り去ろうとする……んだけど。

「待て！　止まれ！」

男は、僕のほうを追いかけてきた。

どうする!?　このままだと、すぐに追いつかれてしまいそう……っ!?

「コッチよ！」

十字路を曲がったところで、建物の陰にいた彼女が僕を呼んだので、反射的にそこへと飛び込んだ。

「シッ！　頭を下げなさい！」

「っ!?」

彼女に無理やり頭を押さえつけられ、僕は身をかがめた。

「クソッ！　どこに行った！」

「俺はコッチへ行く！　お前は向こうを！」

「ああ！」

男の後からやってきた残り二人も合流し、三人は見失った僕達を見当違いの方向へと探しに行ってしまった。

どうやら、なんとか男達を撒くことができたようだ。

「……ふう」

僕はようやく顔を上げ、息を吐いた。

すると。

「…………………」

何故か彼女が、目を見開いて声を失っていた……って。

「あ……」

どうやら、さっき地面に伏せた拍子に、フードが脱げてしまったようだ。

つまり……〝厄災の皇子〟の象徴でもある、僕の黒髪と黒い瞳が、彼女に見られたということで……。

「…………………」

僕はフードを被り直し、無言でその場を立ち去ろうとした……んだけど。

「待ちなさい」

彼女が、僕の腕をつかんで離さなかった。

「……なんでしょうか？」

「まだ、お礼を言っていなかったわ。その……ありがとう」

ぶっきらぼうにそう言い放つ僕に、尊大なところは変わらないものの、彼女は少し伏し目がちに礼を言った。

だけど……はは、僕の黒髪も、黒の瞳も見ようとはしないんだな。

やっぱり彼女も、他の帝国民と同じだった。

結局は、僕なんかとかかわって厄災なんかに遭いたくないよな。

「あっ」

僕は強引に彼女の手を引き剥がし、踵を返してその場から足早に立ち去った。

◇◆◇◆◇

あのプラチナブロンドの彼女と遭遇した、次の日。

結局、僕は昨日のことで心を掻き乱され、よく眠ることができなかった。

「ハア……せっかくのベッドだったのに……」

頭を掻きながら、ベッドから降りて身支度を整える。

さて……国境を抜けたら、どちらの国を目指そうか。

メガーヌ王国か、サヴァルタ公国か。

「……まあ、まずは一番近いサヴァルタ公国に行ってみて、それから考えるか」

そんなことを呟きながら、僕は宿を出て街の北にあるサヴァルタ公国との国境の門へと向かったのだが……っ!?

そこには、昨日フードを被った女性を助けた時に店で遭遇した、あの男達がいた。

その格好から察するに、やはりあの三人は衛兵だったみたいだ。

このままでは、国境を越えることができない。

今から別の国境を目指すにしても、時間がかかりすぎる上に、余計に危険を冒すことになってしまう。

どうにかして、連中の目を逸らすことはできないか……。

建物の陰から、様子を窺いながら思案していると。

「あら、奇遇ね」

「っ!?　…………………………」

後ろから声を掛けられて振り返ってみれば、昨日のフードを被った女性だった。

彼女に一瞬驚きつつも、僕はすぐに平静を装い、また視線を三人の男へと戻す。

「ああ……あの連中、やはりこの街の衛兵だったのね」

「………………………」

「それで？　あの連中が邪魔をしているから、通れなくて困っているわけ？」

……鬱陶しいな。

できれば他の場所に行ってほし……。

「フフ……私、別の国境越えのルート知ってるわよ？」

……っ!?

「ほ、本当ですか!?」

「ちょ、ちょっと！　離しなさい！」

「あ……す、すいません……」

驚きのあまり彼女の両肩をつかんでしまったことをたしなめられ、僕は慌てて手を離して謝罪する。

だけど、彼女は本当に別のルートを……？

「こっちよ」

……ここで悩んでいても事態は進展しない。

僕は、とりあえず彼女の後をついていくことにした。

彼女に連れてこられたところは、国境の門近くにある建物の中だった。

「ここの地下を通って、国境を抜けるのよ」

「こんなところに、地下通路が……」

建物の床の扉を開け、彼女はそのまま降りていく。

だけど、国境を抜けられるほどの規模の地下通路を、どうして彼女は利用しているんだ……？

彼女の背中を見つめながら、僕は首を傾げる。

とはいえ、僕の第一目標は国境を越えてメルヴレイ帝国から脱出すること。背に腹は代えられない。

「それにしても……あなたのその髪と瞳の色、珍しいわね。しかも、昨日あなたが言っていた〝厄災の皇子〟と同じだなんて」

「…………………」

彼女の言葉に、胸が苦しくなる。

だけど、この地下通路を抜けるまでの辛抱だ。ここを出れば、もう彼女と会うこともないだろうから……。

なんとかこの苦しさを耐えるために、胸倉をギュ、と握りしめていると。

「……本当に、この帝国の連中は馬鹿で屑ばかりね。あなたもその髪と瞳のせいで、〝厄災の皇子〟のような扱いを受けたり、つらい思いをしてきたりしたんでしょう？」

「え……？」

彼女から放たれた意外な言葉に、僕は立ち止まり、思わず呆けてしまった。

いったい、何を言っているんだ？

オマエだって僕のこの黒髪と黒い瞳を、忌み嫌っているんじゃないのか……？

「だけど」

「っ⁉」

「フフ……その黒髪とオニキスのような黒い瞳、私は嫌いじゃないわ」

彼女はいきなり僕のフードを取ってニコリ、と微笑んだ。

そのどこか尊大な言葉遣いとは裏腹に、優しさを湛えた柔らかい笑み。

「……待てよ」

「？　どうしたのかしら？」

「適当なことを言うなよ！　僕のこの黒髪と黒い瞳にそんなことを言う奴は、この世界にいるはずがない！」

不思議そうに尋ねる彼女に、僕は大声で叫び、否定した。

そうだ。僕のこの髪と瞳は、世界中から忌み嫌われている。

だから、そんなことはありえないんだ。

「帝国で起きた災いは、どんな些細なものだって全て僕のせいにされ続けてきたんだ！　あの父親も！　二人の兄も！　使用人達も！　宰相も！　大臣も！　貴族達も！　帝国民の全てが、この僕の存在を排除したがっているんだ！」

「…………………」

「分かるか？　散々この国の災いや諸悪の根源とされ続けた挙句、用済みとばかりに毒殺されるんだぞ？　長い間ずっと塔の中に幽閉されて、いつもの硬くて食べられないようなパンと野菜くずのスープから、柔らかいパンと野菜スープに変わって、その中にお肉が入っていることに感動しても、それが毒入りだと知った時の気持ち、オマエに分かるか？」

ああ、そうだよ。

僕は初めてあんな豪勢な食事を見て、胸をときめかせてしまったんだ。

僕を殺すための毒が入っているにもかかわらず。

これまでずっと胸に抱えてきたこの怒りを、悔しさを、苦しさを、目の前の彼女にぶつけ、僕は傷つき、血が流れることもいとわずに唇を力一杯噛みしめ、拳を握りしめる。

どれだけ吐き出しても尽きることのないこの感情を、それでもなお吐き出すように。

その時。

——ギュ。

「……そう。でも、私は何度だって言うわ。あなたのその黒髪も、黒い瞳も、私は綺麗だと思う。そして、たった一人の誰かの存在が災いを呼ぶだなんて、この私はそんなデマは信じないし認めない」

「あ……」

彼女は僕を優しく抱きしめ、耳元で諭すようにささやいた。

その言葉に、温もりに、僕の心が別の意味で暴れそうになるのを、無理やり押し留める。

「う、嘘を言うな……昨日だって、僕の髪と瞳を見た瞬間、すぐに目を逸らしたじゃないか……本当は、そんなこと思ってもいないくせに……」

僕は絞り出すように、彼女の言葉を必死に否定した。

でも……僕の声はか細くて、震えていて、消え入りそうで……。

「いいえ、私は否定する。そして、あなたが受けた理不尽も、怨嗟《えんさ》も、罵倒も、侮蔑も、それらの全てを私は認めない。〝厄災の皇子〟？　フン、馬鹿馬鹿しい。そんなくだらない世迷言《よまいごと》で、私の想いも覚悟も、否定させはしない」

先ほどの優しさを湛えたささやきとは打って変わり、彼女は強い口調ではっきりと告げる。

そこには、明確に彼女の意志が込められていた。

「……僕は、〝厄災の皇子〟だ」

「違う」

「僕は、存在するだけで周囲を不幸にするんだ」

「違うわ」

「僕はこの世界にいてはいけないって、だから……」

「そんなもの、誰にも決める権利なんてないわ。もちろん私にも、そして、あなたにもよ」

「僕は……僕は……っ！」

気づけば、忌まわしい黒の瞳から涙が溢れていた。

再び目覚めたあの石室で、もう枯れてしまったと思っていた涙が。

「……僕は、〝厄災の皇子〟じゃないんですか？」

「呼び方までは知らないけど、たかが人の身で厄災だなんておこがましいわね」

「……僕は、存在してもいいんですか？」

「ええ、もちろん。誰もがあなたに存在してはいけないと言っても、この私が、あなたの存在を認めてあげるわ」

「あ……ああ……っ」

僕のそんな問い掛けに、彼女は尊大に、でも、僕がずっと欲しかった……求めていた言葉だけをくれた。

信じられなかった。

夢だと思った。

だって……だって、今まで誰もが僕に全ての不幸の責任を押し付けて、僕が世界に存在することすら否定されていて……なのに……なのに、こんな僕を肯定してくれるだなんて……!

もう、無理だった。

もう、抑えきれなかった。

「ああ……ああ……あああああああ……っ!」

抱きしめる彼女の胸に顔をうずめ、僕は声にならない声で泣いた。泣き叫んだ。

僕は今日……生まれて初めて、僕という存在を認められたのだから。

◇◆◇◆◇

「フフ、落ち着いたかしら?」

あれからひたすら泣き叫び続け、ようやく落ち着きを取り戻した僕の背中を撫でながら、彼女がそう告げた。

「は、はい……すいませんでした……」

僕は袖で涙を拭い、彼女からそっと離れた。

でも……初めて感じた人の温もりが名残惜しくて、思わず手を伸ばしそうになる。

「だけど、これで色々と合点がいったわ。あなたが国境を越えたいという理由も含めて、ね」

「…………………………」

「ねえ。この地下通路、抜けるまでにまだ結構な距離があるのよ。だから、退屈しのぎにあなたの身の上話でも聞かせてくれるかしら？」

彼女は僕を見ながら、傲岸《ごうがん》な態度でそう尋ねた。

でも、今ならわかる。

本当の彼女はそんな態度とは裏腹に、優しさに溢れた女性《ひと》なんだということが。

ははは……自分で言うのもなんだけど、僕って人間は存外御《ぎょ》しやすいみたいだ。

「では、つまらないかもしれませんが……」

そんな彼女に乗せられるかのように、僕も少しおどけながら訥々《とつとつ》と語った。

この滑稽でくだらなくて、悪意を向けられ続けるだけの、何もない男の人生を。

「……そう。わざわざ話してもらったけど、本当にくだらないわね」

「す、すいません」

「本当に、くだらない……っ」

僕の話を聞き終え、そう言って腕組みをする彼女は、鼻を鳴らしながら顔を背けてしまった。

でも、そんな彼女の肩が少し震え、腕を握っているその手に力が入っているのが分かる。

「まあ、聞きたいって言ったのは私だから、別にいいのだけど。それで？　じゃああなたは、幽閉された塔の中で本ばかりを読み続けていたの？」

「はい。時間だけは有り余っていましたので、全ての本を何度も繰り返し読み漁りました。しかも、面白いことに東方の国で記された本がかなりあってですね……」

そう……何故かあの塔にあった書物は、東方の言葉で記された書物が大量にあった。

おそらく、東方について研究している者が、あの塔を利用していたのだろう。書物と併せて、それを翻訳したものも何冊かあったから。

最初のうちは文字や言葉の意味を理解できなくて苦労したけど、今なら東方の文字は全て理解できる。

「ふうん……だけど、本のことになると嬉しそうに話すのね」

「あ……す、すいません……」

「フフ、別に責めているわけではないのだから、謝らないでちょうだい」

そう言って、彼女はクスリ、と微笑む。

あはは……本当は、本のことを話せたことが嬉しいんじゃなくて、その……僕の話を聞いてくれるあなたがいてくれることが嬉しくて、話しているんだけどね。

「あ……そ、そういえば、まだ自己紹介をしていませんでした。もうご存知だとは思いますが、僕は一応、メルヴレイ帝国の元第三皇子のヴァレリウス＝デュ＝メルヴレイと申します」

「ええ、知っているわ」

「そ、それで、あなたは……」

「フフ……さあ？」

おずおずと尋ねるが、彼女はクスクスと微笑むばかりではぐらかし、答えてくれない。

この地下通路のことといい、彼女は何者なんだろうか……。

「それよりも、出口に到着したみたいね」

そう言って彼女が指差した先には、上へと繋がる階段があった。

僕が彼女の後に続き、階段を上ると。

「お帰りなさいませ、殿下」

「フフ、少し遅れてしまったわね」

階段の先に待ち受けていた初老の男性が、恭しく一礼した。

だけど……この男性、彼女のことを今、殿下と呼んでいなかったか？

「そ、その……」

「フフ、じゃあ自己紹介してあげる。私はサヴァルタ公国第一公女、リューディア＝ヴァレ＝サヴァルタよ」

彼女は呆ける僕へと振り返ると、そのプラチナブロンドを掻き上げ、優雅に微笑んだ。

◇◆◇◆◇

サヴァルタ公国第一公女、リューディア＝ヴァレ＝サヴァルタ。

九年前、メルヴレイ帝国との戦に敗れ、捕らえられて衆目の前で処刑された前公王、アードルフ＝ヴァレ＝サヴァルタにいる二人の子どものうちの一人。

現在、サヴァルタ公国は公王不在のまま、家臣団によって国家運営がなされている。

本来であれば次の君主を据えるべきなのだが、次の公王が再び牙を剥くことを恐れたことと、属国ではなく直接支配することを考え、メルヴレイ帝国は未だにそれを認めていない。

まあ、だからこそ僕が入り込む隙間があると考え、公国を候補の一つに選んだというのもあるんだけど。

とはいえ。

「フフ、どう？　驚いたかしら？」

「は、はい……まさか、第一公女殿下であらせられたとは……これまでのご無礼、誠に申し訳ありません」

悪戯っぽく微笑む公女殿下に対し、僕は跪いて首《こうべ》を垂れた。

これは……初対面から失敗してしまったかもしれない。

「あら、急に殊勝《しゅしょう》な心掛けね。といっても、別にここまで、あなたから無礼な態度を取られたことはないけど」

「い、いえ……失礼な物言いをしてしまいました……」

「だから、もういいって言っているじゃない」

「っ!? は、はい！」

不機嫌な口調に変わり、僕は思わず恐縮した。

「フフ……ところでヨナス、さすがに疲れたから、ゆっくり休みたいわ」

「かしこまりました。宮殿にて既に支度を整えております」

「そう。ああそれと、彼も一緒に連れていくわね」

「左様でございますか」

彼女の指示を受け、男性は頭を下げた後、僕を見やった。

まあ、こんな格好の僕を見れば、普通に怪しむに決まっているよね……。

でも、それ以前に僕が一緒に行ってもいいものだろうか……。

もちろん、僕としても第一公女である彼女に取り入る絶好の機会でもあるので、なんとかこのままお願いできればとは思う。

だけど、それと同時に僕の中には罪悪感が生まれていた。

何故なら、僕という存在を認めてくれた……僕を救ってくれた恩人を、僕自身の復讐のために利用しようとしているのだから。

僕は……。

「あら？　ひょっとして遠慮しているのかしら？」

「え……？」

そんなことを考えていると、いつの間にか彼女が僕の顔をのぞき込んでいた。

「あ、そ、その……」

「フフ、いくら属国とはいえ、客人をもてなすくらいのことはできるわ。だからほら、行きましょう？」

「は、はい……」

そう言うと、彼女はス、と右手を差し出した。

え、ええと、これは……。

「いい？　こういう時は、殿方がエスコートをするものよ？」

「は、はい！」

そこまで言われてようやく気づいた僕は、慌てて彼女の手を取った。

「では、まいりましょう」

そして、僕は初老の男性の後ろを第一公女と共に歩き、建物の外に用意されていた馬車へと乗り込んだ。

「それで、あなたは帝国から抜け出してどうするつもりだったの？」

「あ……はい……」

実は地下通路で僕の人生について語った時、僕の今後……つまり、目的については一切話していない。

もちろん、目の前の彼女の素性が分からなかったということが大きいけど、それ以上に、僕はこの女性《ひと》に迷惑をかけたくなかったから。

だから今も、僕は彼女の問い掛けに対し、答えるべきかどうか迷っている。

「……まあ、答えたくなかったら別にいいわ。さしてあなたに興味があるわけでもないし」

そう言うと、彼女はプイ、と顔を背けてしまった。

どうやら機嫌を損ねてしまったようだ。

普通だったら、その程度のことで気にするなんておかしいのかもしれないけど、僕はどうしても彼女に嫌われたくなかった。

だから。

「……帝国から出た後は、その帝国を滅ぼそうと考えていました」

僕はそのための道筋も含めて、僕の目的について語り始めた。

まず、帝国に対抗しうるだけの力がある国か、帝国に恨みを持つ国のいずれかに取り入ろうと考えていること。

取り入ることができたあかつきには、あの塔の中で蓄えた本の知識を駆使して献策《けんさく》を行い、その地位を高めること。

そして、帝国を滅ぼすだけの体制と、僕の献策を全て受け入れてもらえるだけの信頼と地位が確立した、その時。

——メルヴレイ帝国を侵略し、滅ぼすこと。

「へえ……ひょっとして、公国に取り入ることも選択肢に入っていたりするのかしら？」

「……はい」

不機嫌な様子から打って変わり、身を乗り出しながら興味深そうに尋ねる第一公女に、僕は視線を床に落としながら首肯《しゅこう》した。

「だけど、あなたは本で得た知識をもって取り入るなんて言っているけど、普通はそれくらいで受け入れたりはしないものよ？　分かっているの？」

「はい。ですので僕は、候補として考えていた国の、それぞれの事情を踏まえた献策をすることで認めていただこうと考えていました」

「ふうん……じゃあ、公国への献策というのは、どんなものなのかしら？」

彼女はうつむく僕の顔をのぞき込み、微笑みながら尋ねた……いや、この場合は問い質《ただ》した、が正しいかもしれない。

だって、彼女の真紅の瞳は、一切笑っていないから。

「……僕は、サヴァルタ公国……いえ、第一公女かエルヴィ公子、そのどちらかに謁見が叶った時には、こう申し上げる予定でした。『僕が、あなたを公女王にしてみせる』と」

「っ!?」

僕の言葉に、彼女は目を見開いて息を呑んだ。

先ほどから彼女の隣で目を瞑りながら静かに聞いていた男性も、思わず僕を見ている。

そう……サヴァルタ公国も、決して一枚岩ではない。

というのも、属国となって以降、次の公王に第一公女と第二公子、どちらが就くのかで国内が割れていることを、ここまでの逃避行で耳にしている。

おそらくは、このまま属国の立場を甘んじて受け入れるか、先王の遺志を継いで帝国に牙を剥くか、そのどちらを選ぶかで意見が分かれているのだろう。

そして、目の前の彼女が第一公女であることを知って確信した。

彼女は、帝国に牙を剥こうとしている強硬派なのだと。

「そ、それで、どのような策を？」

身を乗り出し、彼女が尋ねる。

その姿にはこれまでの尊大な態度ではなく、ただ必死な様子が窺えた。

「それは、分かりません」

「……は？」

僕がそう告げた瞬間、彼女の表情が険しいものに変わる。

当然だ。彼女の様子からも、それだけ困っている状況に違いない。

なのに、策があると言って期待を持たせておきながら、そんな答えが返ってくるのだから。

「誤解しないでください。分からないと申し上げたのは、僕がサヴァルタ公国の内情をまだ知らないからです。それさえ分かれば、僕は間違いなくあなたを公女王にする策を示せます」

ここまで言い切れるのには、もちろん理由がある。

僕が幽閉されていた塔にあった書物の中には、王位の継承や簒奪《さんだつ》に関する記述がされた歴史書もたくさんあった。

なので、現在の状況とその書物の内容とを照らし合わせ、類似する成功例を踏まえればいい。

もちろん、時勢の移り変わりは早いものだし、人の心というものは十人十色なので、状況に応じて柔軟に考えなければいけない。

それについても、僕が読んだ兵法書に記されてあった。

「……そう。なら、今から話をするから、あなたのその策とやらを聞かせてちょうだい」

「っ⁉　殿下、それは……」

「いいのよ。別に彼に聞かれたからといって、困らないわ。それに……」

たしなめる男性に対し、彼女はそう言って唇を噛む。

どうやら、置かれている状況はかなり悪いようだ。

「フフ……もうお察しのとおり、私は弟のエルヴィと次の王の座を争っているの」

それから彼女は、公国の内情について備《つぶさ》に説明してくれた。

僕の予想どおり、公国内は帝国に対して蜂起《ほうき》する強硬派と帝国に服従する従属派で分かれていた。

そして、彼女の弟であるエルヴィ公子は従属派。しかも、帝国からもかなりの支援を得ているとのこと。

「……貴族の三分の二が既に従属派になっていて、今も少しずつ強硬派から従属派へと流れているわ」

「そうですか……」

なるほど、話を聞く限り状況はあまりよろしくはないようだ。

僕が目的を果たすためには、ここから巻き返しを図るための策を弄するより、彼女に見切りをつけてエルヴィ公子に取り入るか、メガーヌ王国を選択したほうが賢いかもしれない。

だけど。

「……かなり厳しい状況ではありますが、手がないわけじゃありません。まずは、民衆を味方につけることにしましょう」

「民衆を味方に？」

「はい」

貴族にリューディア公女の支持者が少ないのであれば、そもそも国の土台を支えている民衆を味方につけるしかない。

それに……いつの時代も、革命を起こすのは民衆だということを、歴史が証明している。

「民衆を味方につける方法については……」

僕は身を乗り出している彼女に、そっと耳打ちする。

「っ！　……へえ、それは面白そうね」

「気に入っていただけたようで何よりです」

口の端を三日月のように吊り上げ、嬉しそうに頷くリューディア公女。

まあ、これは僕や彼女にとって、まさに敵への意趣返しでもあるからね。

「じゃあ、あなたの策を採用するから、準備や調整諸々頼むわよ」

「え……？」

そんな彼女の言葉に、僕は思わず呆けた声を漏らしてしまった。

「フフ、当然でしょう？　この策はあなたが提案したのよ？　なら、最後まで責任を取ってもらわないと」

彼女は、クスクスと悪戯っぽく微笑む。

でも、その言葉の意味は、そういうことではなくて……。

「そ、その……先ほども言いましたが、僕はメルヴレイ帝国に復讐をするために、公国を……公女殿下《あなた》を利用しようというのですよ……？」

よせばいいのに、僕はそんなことを尋ねてしまう。

本当は目的を果たすことを考えれば、せっかくの申し出を断る理由はない。それに、彼女の傍にいることでエルヴィ公子と天秤にかけることもできる。

でも……だからって彼女を利用することには、どうしても抵抗がある。

この僕を認めてくれた、この女性《ひと》を。

「あら、別にいいじゃない。私だって、私の目的のためにあなたを利用するの。だったらあなたも、私のことを利用すればいいのよ」

「あ……」

クスリ、と微笑みながら、なんでもないとばかりにそう言い放つ彼女。

その姿は、綺麗な容姿も相まって、僕にはとても優雅で気品に満ちて見えた。

なるほど……現状はどうであれ、彼女は指導者にとって必要なものを、間違いなく持ち合わせている。

あとは僕がどうするか、というだけか……。

「じゃあヴァレリウス……って、あなたの本名をそのまま使うわけにもいかないわね……なんて呼ぼうかしら？」

「あ……そ、それでしたら、僕のことはアルカン＝クヌートと呼んでください」

「あら、メガーヌ人の名前に似ているわね」

「はい。東方の国であれば黒髪と黒い瞳は珍しくありませんし、何よりメガーヌ王国は東方と交易がある数少ない国。なら、東方の種族の血が混じっていると言えば不審に思われないでしょうから」

この偽名については、逃避行の中であらかじめ考えていた。

そもそも、僕を〝厄災の皇子〟と知った上で受け入れてくれる国なんて、あるはずがないのだから。

ただ、目の前にいるリューディア公女が特別なだけだから……。

「フフ、分かったわアルカン。これから期待してるわよ」

そう言った咲き誇るような笑顔のリューディア公女に、僕が思わず見惚れてしまったのは内緒だ。

◇◆◇◆◇

「さあ、今日からここがあなたの住むところよ」

国境を越えた先でゲートを通過してから一時間後。

僕は、リューディア公女と共にサヴァルタ公国の宮殿へとやってきた。

さすがにメルヴレイ帝国の皇宮と比べれば見劣りするのかもしれないが、それでも長い歴史を感じさせる荘厳さを持ち合わせた素晴らしい建物だ。

もちろん、僕が幽閉されていたあの塔とは比べる由《よし》もない。

さて……一応、彼女の置かれている状況は聞いたから、実際にどうなのかをこの目で確かめてみないとな。

「フフ……ところで、あなたが先に降りてくれないと、私が降りられないわ」

「あ……も、申し訳ありません」

慌てて馬車から降りると、僕は右手を差し出す。

「ありがとう」

僕の手を取り、彼女は馬車から降りた。

だけど……出迎えに来た侍女や使用人の数は三人、か。

しかも侍女と思われる女性の瞳には、どこの馬の骨かも分からない僕に対してだけでなく、仕える主人であるはずの彼女に対しても蔑む色が窺える。

……なるほど、ね。

「……殿下。このようなことを申し上げたくはありませんが、立場を弁えて遊び歩くような真似はお控えいただきませんと」

「ハイハイ、分かったわよ」

侍女の小言なんて聞きたくないとばかりに、彼女は手をヒラヒラとさせた。

「それより二人共、行くわよ」

「は、はい」

「かしこまりました」

僕と初老の男性……侍従のヨナスさんは、彼女の後をついて宮殿の中へと入った。

それにしても……。

「…………………………」

行き交う使用人達は、僕に奇異な視線を向けるだけでなく、リューディア公女に対して辟易しているかのような態度を見せている。

先ほどの侍女といい、彼女の味方と呼べる者はこの宮殿内にはほとんどいないようだ。

ひょっとしたら味方はこのヨナスさんだけ……いや、ヨナスさんさえも、本当に彼女の味方なのかどうか分からない。

「フフ、本当はこれから私達がどうしていくのか、あなたから色々と聞きたいところだけど、さすがに疲れているでしょうから、明日の朝にでもゆっくり聞かせてもらうわ。ヨナス、まずは彼を客間へ案内して」

「かしこまりました」

恭しく一礼するヨナスさんと僕を置いて、リューディア公女は一人でどこかへ行ってしまった。

「え、ええと……よろしいのでしょうか？」

「殿下はあのような御方ですので、お気になさらず。それより、部屋へご案内いたします」

「は、はい」

僕はヨナスさんに案内され、客間へと案内された……んだけど。

「ふわあああ……！」

その部屋のあまりの豪華さに、僕は思わず感嘆の声を漏らしてしまった。

だ、だって、僕が長年暮らしてきたあの塔とは天と地ほどの差があって……。

「では、御用がございましたら、そちらの呼び鈴を鳴らしてください」

「あ、ありがとうございます」

ヨナスさんが一礼をして部屋を出ていった後、僕はまずベッドの感触を確かめる……うん、このまま天に召されてしまいそうだ。

「だけど、どうするか……」

先ほどの侍女や使用人達の態度などを見ても、第一公女はこの宮殿内で孤立している。

それを考えると、僕の目的を果たすためには、第一公女を選ぶということはどう考えても得策ではない。

一方で、僕の存在を認めてくださった彼女には言いようのない恩義もあるし、彼女の強気な態度とその裏にある優しさに、仕えるべき主として惹かれている自分がいる。

僕は……どうすれば……。

そんなことを頭の中で繰り返し考えていると。

――ガチャ。

「へぇ……これが姉上の連れてきた新しいペットか」

ノックもせずに中に入ってきたのは、第一公女と同じくプラチナブロンドの髪と真紅の瞳、整った顔立ちの僕と同年代の青年とその部下と思われる者達だった。

その口ぶりから察するに、第二公子のエルヴィ＝ヴァレ＝サヴァルタだろう。

だけど、フードを被ったままにしておいてよかった。

メルヴレイ帝国の支援を受けているこのエルヴィ公子に黒髪を見られたら、どうなることか分かったものじゃないからね。

「……アルカン＝クヌートと申します。旅をしていて困っているところを、リューディア殿下に助けていただいた縁で、お邪魔しております」

「ふうん……」

跪き、首を垂れる僕を、エルヴィ公子は見下ろしている。

だけど……この視線には覚えがある。

僕が帝国で受けていた、あの蔑む視線と同じだ。

おそらくは、名前から僕がメガーヌ人と知って馬鹿にしているのだろう。

西方の国々は、メガーヌ王国を含め東の国の者を野蛮人だと思っているから。

「本当に、姉上も物好きというか……公女としての自覚はあるのだろうか？」

「いやはや、全くですな」

「貴様、早くこの宮殿から出ていったほうが身のためだぞ」

呆れた表情で肩を竦めるエルヴィ公子に、取り巻きの部下達が同調して口々に僕を罵倒した。

まあこれくらい、帝国で受けたものと比べれば可愛いものだ。

「僕は寛容だから、貴様がここにいることを特別に許してやろう。感謝するのだな」

そう言い残し、エルヴィ公子は部下達と共に部屋を出ていった。

「ハア……なるほど、少なくとも性根は最悪だな」

僕は溜息を吐き、かぶりを振った。

まだエルヴィ公子の実力がどのようなものかは分からないが、初対面で感じたのは、あの男は王の器ではないということ。

もしエルヴィ公子が優れた王の資質を備えているならば、得体の知れない僕に対してもっとまともな寛容さを見せるか速やかに排除するか、そのどちらかだろう。

とはいえ。

「それでも、担ぎ上げるには無能がちょうどいい、か……」

信頼を得て裏から操れば簡単に実権を握れるだろうし、エルヴィ公子のあの性格ならそれも容易い。

帝国や部下達も、だからこそ彼を支援しているのだろうし。

だけど……このままでは、サヴァルタ公国は早晩《そうばん》滅びてしまいそうだな。

そう思い、僕は再びベッドの感触を堪能しながら今後の身の振り方について思案した。

◇◆◇◆◇

「ふわあああ……！」

夜になり、ヨナスさんに案内されて食堂へと来た僕は、目の前のテーブルに所狭しと並ぶ豪華な料理の数々に目を見開き、感嘆の声を漏らしていた。

「フフ、たくさん食べてちょうだい。それに、料理の中には毒なんて入っていないから安心して」

悪戯っぽく笑いながら、証拠を見せるとばかりに料理を口に含むリューディア公女。

は、はは……強烈な皮肉だなあ……。

「で、では、いただきます」

僕は緊張しながらナイフとフォークを取り、書物で読んだマナーどおりに料理を口に含むと……ふわああ……！

「お、美味しい！」

「そう？」

「はい！　こんなに美味しいもの、生まれて初めて食べました！」

「フフ、たくさん食べなさい」

僕は夢中で目の前の料理を次々と食べる。

そんな僕を、彼女は目を細めながら見つめていた。

その時。

「姉上、まさかペットを食堂にまで連れてくるとは思いもよりませんでしたよ。もう少し、弁えてください」

食堂にエルヴィ公子が現れ、僕を一瞥してから顔をしかめる。

「あら、私の客人なのだから、もてなすのは当然でしょう？　私からすれば、あなたの後ろにいる醜い豚のほうが目障りなのだけど？」

「何を言われるか！」

「失礼な！」

薄ら笑いを浮かべる彼女の言葉に、取り巻きの二人が激昂して怒鳴った。

それは、到底第一公女に対して使うべき物言いではない。

「お前達、たかが姉上が言ったことを気にしていたら身が持たないぞ。とにかく、僕はペットと共に食事をする趣味はないので、早く追い出してくれないかな。おい」

「はい」

エルヴィ公子が傍にいた使用人に声を掛けると、その使用人は待ってましたとばかりにテーブルの上の料理を全て下げてしまった。

「さあ、食事はもう済んだでしょう？　早く出ていってください、姉上」

「……フン。まあ、今日の料理はイマイチだったから、ちょうどいいわ」

吐き捨てるようにそう言うと、リューディア公女が席を立ち、僕も慌ててそれに並んだ。

「だけど……フフ、豚が豚の餌を食べるなんて滑稽ね。そんな豚と席を共にするエルヴィも、誰かさんに飼われている家畜だからお似合いだけど」

「「言わせておけば……っ！」」

顔を真っ赤にして詰め寄る部下達と、それを止めようともせずに無表情のまま席に座るエルヴィ公子。

でも、リューディア公女はそんなこと気にも留めずにクスクスと嗤う。

「では、ごきげんよう」

彼女がニコリ、と微笑みながらそう言うと、僕達は食堂を後にした。

「……アルカン、食事は後で部屋に届けさせるわ」

「あ……お、お気になさらず……」

「失礼します」

リューディア公女は、ヨナスさんを連れてそのままどこかへと行ってしまった。

◇◆◇◆◇

食堂から部屋に戻ると、使用人達が嫌そうな顔をしながら食事を運んできた。

もちろん、僕はそれに手をつけていない。

だって、料理の中に毒が盛られているかもしれないから。

なので僕は、荷物の中に入れてあった野菜を取り出すと、それをいつものようにかじった。

「……どうやら、これ以上は望めそうにないな」

この時の僕は、既にここを去る方向で心が傾いていた。

先ほどの食堂でのやり取りもそうだが、リューディア公女にとって明らかに分が悪すぎる。

まだ少しでもあの方に戦うだけの力が残っているのなら、少なくとも下の者があのような無礼な態度を取れるはずがない。

エルヴィ公子が傍にいて、それを容認しているということを差し引いたとしても。

とはいえ、そのような状況下においても彼女は強気でいた。

まるで、そんなことを少しも意に介していないかのように。

「はは……強いな……」

食堂でのリューディア公女の姿を思い浮かべ、僕はクスリ、と笑った。

やはり彼女は、それだけ公女王としての資質を備えているのだと思う。

それだけに、八方塞がりのこの状況が非常に惜しい。

もう少し状況が違っていれば、僕も否応なく彼女を選んだだろうに……。

「ふう……」

深く息を吐き、僕は窓から外を見やる。

すると。

「？　あれは……」

部屋の窓から見える宮殿の庭園に、月明かりに照らされた一人の女性の姿があった。

どうやらリューディア公女のようだ。

彼女に対する罪悪感からだろうか。

気づくと僕は、部屋を出て庭園へと向かっていた。

そして……僕は見てしまった。

第一公女が、月を見上げながら涙を零している姿を。

――がさ。

っ!?　しまった!?

「……誰かしら？」

彼女は慌てて涙を拭き取り、いつものように居丈高《いたけだか》に声を掛ける。

「……す、すいません。窓から庭園にいらっしゃる姿を見て、つい……」

「そ、そう……」

僕が姿を見せると、リューディア公女は気まずそうに顔を背けてしまった。

「フフ……あなたも見たでしょう？　ここでの私は、第一公女とは名ばかりの、ただの厄介者でしかないの……」

「……………………」

「なのに、分不相応にも先代公王の……お父様の敵を討とうと、なんの力もないのに帝国の領内に忍び込んで情報を収集したりして……それで、自分が頑張っている気になって……」

寂しく微笑みながら、彼女がポツリ、ポツリ、と話す。

サヴァルタ公国は寒い土地柄ということもあり、冬になると食糧の確保もままならず、苦しい状況に置かれていること。

そんな折、不作が続いて今日の食事すら事欠いてしまうような状況に陥ってしまい、苦渋の選択として先代公王がメルヴレイ帝国に恥を忍んで支援を要請したこと。

だけど帝国からは袖にされ、それどころか公国を救いたければ従属の上、公妃……つまり、リューディア公女の母君を差し出すようにと、あのブレゾール皇帝から無理難題を突き付けられたこと。

「……帝国は、公国の現状を聞いて容易く支配できると考えたのでしょう。無理難題を突きつける中、裏で帝国が公国に攻め入る準備をしていることを察知したお父様は、最悪の状況を打開するために自ら打って出た……いえ、そうするしかなかった」

そう言うと、彼女は悔しそうに唇を噛む。

「……そして戦に敗れ、サヴァルタ公国は帝国の属国となった」

「そうよ。でも、そのおかげで公国はかろうじて命を繋いだの。お父様とお母様、そして多くの部下や兵士達の命と引き換えに」

「そう、ですか……」

もちろん僕は、彼女が帝国に対して恨みを持っていることも、復讐しようとしていることも分かってはいた。

だけど、その裏にはこんなにもつらい事情があったなんて……。

「フフ、あなたがそんな顔をする必要はないわ。あなただって、帝国の被害者じゃない。それこそ、私よりもつらい思いをしているのだから」

「…………………………」

苦笑する彼女に逆に気遣われてしまい、僕はうつむいてしまった。

本当に……この女性《ひと》は……。

「アルカン……いえ、ヴァレリウス。後でヨナスに言って当面の路銀《ろぎん》をあげるから、ここではない他の国を選びなさい。ここでは、あなたの復讐は果たせない……も、の……っ」

そう告げた瞬間、彼女は大粒の涙を零しながら、無理やり笑顔を作った。

……僕は、思い違いをしていた。

不利な状況にあってもその尊大な態度や余裕のある表情、その心底にある優しさなどから、彼女は公女王に相応しく強い女性《ひと》なのだと思い込んでいた。

だけど、本当の彼女はこんなにも脆くて。

でも、それでもと、帝国に理不尽に両親を奪われた悔しさ、悲しさ、苦しさを抱え、唯一の肉親であるはずの弟に想いを踏みにじられても、必死に歯を食いしばって、たった一人で奮起していて……。

僕は……。

「あはは……面白いことを言いますね」

「え……？」

気づけば、苦笑しながらそんなことを口走っていた。

よせばいいのに、ここから逃げ出すって決めていたはずなのに。

「そもそも、こんな〝厄災の皇子〟を受け入れるような物好きなんて、この世界にいませんよ。それこそ、あなた以外には」

「だ、だけど！　あなたも見て分かったでしょう！　私にはなんの力もない！　私じゃ何もできないのよ！」

おどける僕に、彼女は必死になって詰め寄る。

今はたった一人の味方でも欲しいはずなのに、僕を沈没する船に乗せないようにするために。

ああ……本当に失敗した。

だって、僕の中に彼女への尊敬や憧れ、そういったものとは違った別の感情が生まれてしまったのだから。

僕は……彼女の本当の意味での強さに、どうしようもなく惹かれてしまったのだから。

それこそ、あの石室で誓った復讐すらも霞んでしまうほどに。

「だったら、まずはあなたがその力を手に入れるところから始めましょう。大丈夫……この僕が、あなたを最後まで支えてみせます」

「あ……あああ……！」

彼女の真紅の瞳から、とめどなく涙が溢れる。

これまで誰一人としてそんな言葉をかけた者がいないのだろうと、その姿から容易に想像できる。

だって……僕も、同じだったから。

そして。

「本当に……本当に、あなたを頼っていいの？　あなたを、信じていいの……？」

「はい……僕を頼ってください、信じてください。僕は絶対に、あなたを裏切らないし、あなたから離れたりしません」

「本当に？　本当に？」

「はい、本当です」

僕の胸の中に飛び込み、そのくしゃくしゃになった顔を押し付けながら、彼女は何度も尋ねる。

そんな彼女を、僕は強く抱きしめた。

僕はもう……この愛おしい女性《ひと》から、離れられない。

◇◆◇◆◇

「グス……ありがとう……もう、大丈夫よ……」

しばらく泣き続けた彼女は、ようやく落ち着きを取り戻し、そう言って離れようとした。

だけど。

「まだ、肩が震えてるじゃないですか……」

そう言って、僕は抱きしめる力を強め、優しく背中を撫でた。

彼女が心配だからというのもあるが、それ以上にこの温もりを手放したくなかったから。

「だから、もう少しこのまま……」

「ん……」

彼女は小さく頷き、また胸に顔をうずめる。

「……ねえ」

「はい」

「私、お父様とお母様から、ディアって呼ばれてたの」

「リューディアだからディア……よい愛称ですね」

「そ、その……あなたにも、ディアと呼んでほしい……」

そう言うと、彼女……リューディア殿下は、恥ずかしそうに胸の中でもぞもぞとする。

そんな彼女が、どうしようもなく可愛くて……。

「分かりました。では、ディア様と呼ばせていただきます」

「様なんていらないわ。ただ、ディアとだけ呼んで……？」

ディアは胸の中から、ねだるような瞳で僕の顔をのぞき込む。

ああもう……こんな表情、反則だろう。

「わ、分かりました……ですが、さすがに上下関係をはっきりさせないといけませんので、あくまでも二人きりの時だけ、ということでしたら……」

「ん……それでいい……」

どうやらリューディア殿下改めディアは、それで納得してくれたみたいだ。

「それと、あなたのことはこれからアルって呼ぶことにするわ」

「アル、ですか……ありがとうございます」

たとえ偽名だとしても、自分の名前を呼ばれること自体記憶もおぼろげだし……しかも愛称で呼ばれるなんて、それこそ初めての経験なものだから、僕は存外嬉しくて仕方ないみたいだ。

「フフ……アル、アル」

「はい、ディア」

それから僕達は、月明かりの下で何度もお互いの愛称を呼び合った。

第二章　白銀の戦姫

「んう……」

顔に当たった陽射しの眩しさで、僕は嫌々ながら目を覚ます。

結局、昨日は夜遅くまで、ディアが色々と話をしてくれた。

父親である先代公王に狩りに連れていってもらった話や、母親である公妃と一緒にお菓子作りをした話など、彼女には懐かしくも楽しい思い出があるみたいだ。

ただ……どれも話し終えると、最後は寂しそうに微笑むディアの姿が、僕の脳裏に今も焼き付いている。

「……僕が必ず、ディアの願いを成し遂げさせてみせる。そして、僕の願いも」

そのために、まずは公国の実情を備《つぶさ》に知る必要がある。

特に、この国の貴族達について。

すると。

――コン、コン。

「おはようございます、アルカン様。既にお目覚めのようで何よりです」

「あ……おはようございます、ヨナスさん」

ヨナスさんが、ノックをして部屋に入るなり朝の挨拶をしてくれたので、僕も慌ててベッドから降りて挨拶を返した。

「殿下が朝食をご一緒したいと申されておりますが、いかがいたしますか？」

「もちろん、ご一緒させてください」

「かしこまりました。では、私は部屋の前におりますので、支度が整いましたらお声がけください」

そう言うと、ヨナスさんは部屋を出る。

さて、ディアを待たせるわけにもいかないから、早く身支度を済ませよう……って。

「お伝えするのを忘れておりましたが、殿下よりこの部屋のクローゼットにかけてある服を着るように、とのことです」

「は、はあ……」

ヨナスさんは、今度こそ部屋を出ていった。

「うーん……この服も悪くないと思うんだけど、ね」

僕は自分の服を眺めながら苦笑する。

これでも、そこそこの家から盗んだものだから悪くないけど、それでも平民の服だから王侯貴族の前では相応しくないか。

ということで、僕はクローゼットから地味であまり目立たない服を選び、着替えて部屋を出た。

「では、まいりましょう」

僕はヨナスさんの後に続き、ディアの部屋へと向かう。

「アルカン様」

「は、はい！」

「……殿下の心をお救いくださり、誠にありがとうございます」

「あ……」

口元を緩めながら静かに告げるヨナスさんを見て、僕は気づく。

どうやら昨夜のことは、彼にバレているみたいだ。

ディアの侍従なんだし、気づかれないように見守っていたとしても不思議じゃないけど……少なくともディアは、独りぼっちではないのかもしれないな。

――コン、コン。

「殿下、アルカン様をお連れいたしました」

「！　アル！　……って、コホン。おはよう、アル」

「あ、あはは……おはようございます、リューディア殿下」

部屋に入るなり、パアア、と満面の笑みを浮かべたディアだったけど、ヨナスさんがいることに気づき、慌てて澄ました雰囲気に変わる。

そんな彼女がおかしくて、僕はつい笑ってしまった。

「……フン。それよりも早く一緒に食事をするわよ」

どうやら僕が笑ってしまったことがお気に召さなかったらしい。

ディアは口を尖らせ、顔を背けてしまった。

でも、そんな彼女の表情も、とても可愛らしく思えてしまい、やはり僕はクスリ、と笑ってしまった。

「……もう、覚えていなさいよ」

「あはは、すいません」

顔を真っ赤にしてしまったディアに、僕は苦笑しながら謝罪した。

「コホン……お二方、どうぞお席へ」

「「あ……」」

ヨナスさんに咳払いをされ、僕達は気まずくなってしまい、すごすごと席に着いた。

「そういえばアル、昨日の夕食は食べなかったみたいね」

「あ……は、はい……」

ディアはそう言って、眉根を寄せた。

確かに、せっかく用意してくれたものに口をつけなかったんだから、彼女だって気分が悪いに決まっている。

でも……やっぱり僕は、あの日の毒が忘れられない。

「……あなたの事情を知っていたのに、私の配慮が足らなかったわ。ごめんなさい」

ディアが申し訳なさそうな表情を浮かべ、頭を下げてしまった。

「か、顔を上げてください！　リューディア殿下は何も悪くありません！　悪いのは、今もまだあの日のトラウマが克服できない僕のほうです！」

「いいえ、違うわ。私はあなたからその話を聞いていたにもかかわらず、配慮してあげられなかったのだもの。だから、これは私が悪いの」

「いいえ、僕が！」

「私よ！　……って」

「プ」

「フフ」

「あはははははははは！」

お互いに謝罪し合っているのがおかしくなって、僕達は大声で笑ってしまった。

でも……こんなふうに笑ったのなんて、いつ以来だろう……。

「フフ！　じゃあ、お互い様ということでいいわよね？」

「はい！　もちろんです！」

ここでようやく話もまとまり、食事を始める。

ディアは僕が安心して食べられるようにと、気遣って先に料理を食べてくれた。

でも……今はいいけど、今後のことを考えればむしろディアより先に食べるようにしないと。

だって、ディアは僕の主君なんだから。

◇◆◇◆◇

「それでは、せっかくリューディア殿下のお部屋で食事をしていますので、これからのことについて話をしておきましょう」

「え、ええ」

僕がそう告げると、ディアが居住まいを正した。

「まず、公国の貴族について、ご存知のことを全て僕に説明してくださいますか？　もちろん、包み隠さず」

「……分かったわ。ヨナス」

「かしこまりました」

それからディアと傍に控えていたヨナスさんが、公国の貴族について手渡してくれた資料に沿って教えてくれた。

意外なことに、ディアとヨナスさんは貴族達の爵位や家族構成、所属する派閥はおろか、交友関係、運営事業、資産など、かなり幅広く情報を把握していた。

「いや、二人共すごいですね。むしろこれだけつかんでいれば、いかようにも手が打てるというものです」

「そ、そうなの？　私達はこの情報を駆使しても、どんどん人が離れていってしまうばかりで……」

そう言うと、ディアは落ち込んでうつむいてしまった。

……これは、彼女に自信を取り戻してもらうことも必要だな。

「大丈夫、リューディア殿下はこの情報の使い道を知らなかっただけです。むしろ、これだけ情報を把握していることを誇ってください。そして、この情報こそが、あなたをこの国の公女王へと引き上げてくれます」

「あ……」

僕がニコリ、と微笑みかけると、ディアはうつむいていた顔を上げた。

そうだ……あなたにはいつも、前を向いていてほしい。

尊大に、居丈高に振る舞い、その真紅の瞳にどこまでも慈愛を湛えながら。

僕はそんなあなたに、どうしようもなく惹かれているのだから。

「ですが、このいただいた情報によって、少なくともエルヴィ公子との力関係を、つまり従属派が貴族の三分の二を占める状況を三分の一までは引き戻せそうです」

「あう……アルって、ひょっとしてかなり意地悪なの？」

「あはは、どうでしょう」

ジト目で睨むディアに、僕は苦笑した。

でも、先ほどまでとは違い、彼女の瞳に希望が宿る。

そうです、それでこそディアです。

「アル。それで、これからどうするの？」

「はい。やることは色々ありますが、まずはこの方をリューディア殿下の陣営に引き入れることこそが最優先です」

そう……この名簿にある、一人の貴族こそが僕達の運命を左右する。

ディア率いる強硬派にも、エルヴィ公子率いる従属派にも属しておらず、なおかつこのサヴァルタ公国軍を率いる、武の象徴。

そして、先のメルヴレイ帝国との一戦において、亡き公王アードルフ＝ヴァレ＝サヴァルタと共に戦い、共に散ったアンセルミ＝ロイカンネン将軍の嫡子にして公国一の武人。

――〝白銀の戦姫〟、シルヴァ＝ロイカンネン。

すると。

「……アル、それは無理よ」

ディアは、悲しげな表情を浮かべ、そっと視線を落とす。

「？　どうしてですか？」

「アルカン様。実は、ロイカンネン将軍閣下には、既に断られているのです」

ヨナスさんが、ディアに代わって事情を説明してくれた。

公国が強硬派と従属派に真っ二つに分かれた時、ディアはまず、ロイカンネン将軍を取り込もうとしたらしい。

だが、何度面会を求めてもロイカンネン将軍に袖にされ、結局は力を貸してもらうことができなかった。

唯一の救いは、ロイカンネン将軍はエルヴィ公子に対しても同じように断ったということだ。

「ヨナスが言ったとおり、私は彼女の力を借りることができなかったわ。もう一度頼みに行っても同じことよ」

そう言うと、ディアは眉根を寄せてかぶりを振った。

「なるほど……では、ここは僕の腕の見せどころ、ということですね」

僕は顎をさすりながら、口の端を持ち上げた。

「っ！　ひょっとして、ロイカンネン将軍を味方にする策があるの？」

「さあ、どうでしょう」

パアア、と笑顔になったディアに、僕は肩を竦めてみせた。

「な、なによアル……期待して損したじゃない……」

「あはは、すいません」

不機嫌になったディアが口を尖らせ、僕は苦笑する。

だけど、僕だってなんの勝算もなしにこんなことを言ったりはしない。

公王亡き今、ロイカンネン将軍がどちらにもつかないのには理由があると思っている。

それも、おそらくはくだらない理由が。

「ですので、ロイカンネン将軍の説得については僕にお任せいただけますでしょうか？」

そう言うと、僕は立ち上がって恭しく頭を下げた。

もちろん、ロイカンネン将軍を口説き落とす策はある。

「フフ……もちろん、私の参謀様に全て任せるわ。私はただ、あなたからの果報を待つだけよ」

ディアは、クスリ、と微笑む。

そんな彼女に、僕の胸がどうしようもなくときめいてしまった。

うん……じゃあ、始めるとしよう。


僕の主君が、公女王となるための第一歩を。

◇◆◇◆◇

ディアとの朝食を済ませた僕は、教えてもらった公都にあるロイカンネン将軍の屋敷へとやってきた。

「ええ、と……この屋敷でいいのかな？」

もちろん、彼女をこちらの陣営に引き入れるために。

「さて……どうやってロイカンネン将軍を仲間にするかな……」

まだ会ってもいないからなんとも言えないけど、おそらくはロイカンネン将軍自身も、父親である先代将軍を帝国に殺された恨みを持っているはず。

なら、帝国に対して徹底抗戦を主張するディアの手を取るかといえば、そううまくいかない。

実際、ディアも何度も帝国への恨みを訴えて説得したらしいけど、ロイカンネン将軍は表情も変えずに断ったらしい。

なら、帝国に従属することをよしとしているかといえばそうでもなく、エルヴィ公子の勧誘も袖にしている。

「……つまり、ロイカンネン将軍の恨みは、帝国に対してのものだけではないということだろう」

そうなると、将軍は帝国だけでなく公国に対しても恨みを持っている可能性が高い。

まずは、会ってみてから……と言いたいところなんだけど……。

僕は、一緒に来た一人の侍女をチラリ、と見やる。

「アルカン様、いかがなさいましたか？」

「……いや、まだ演技はしなくていいですよ？　ディア」

「もう！　せっかく役になりきっていたのに、水を差すなんて無粋よ！」

実は、そういった推測もあったから、最初は僕一人でロイカンネン将軍と面会しようと考えていたんだけど。

『フフ……だったら、私が公女だと悟られなければいいんでしょう？』

そう言って、ディアは侍女に変装して僕と一緒に来ることになったのだ。

僕からすれば、いくらその眼鏡やかつらを使って変装したところで、こんなに綺麗な侍女なんているはずもないんだから、すぐにバレると思うんだけど……。

そんなことを考えながら、こめかみを押さえていると。

「あ……そ、その、ひょっとして私、アルの邪魔してる……？」

打って変わって、ディアは上目遣いでおずおずと尋ねてくる。

なので僕は、そんなしおらしい彼女に首を左右に振ってみせた。

「まさか。遅かれ早かれディアには将軍に会っていただくつもりでしたし、逆に一緒であるほうが都合がいいかもしれません」

「ほ、本当？」

「ええ」

それに……僕自身、ディアと一緒にいられて嬉しいというのは、彼女には内緒だ。

「ということで、これから門番に声を掛けますので、今からは侍女になりきってくださいね？」

「フフ……かしこまりました、アルカン様」

そう言って、微笑みながらカーテシーをするディア。

そんな彼女が可愛らしくて、たまにでいいから侍女姿のディアを見たいと思ってしまう。

僕は少し邪なことを考えながら深く息を吐くと、屋敷の門番に声を掛けた。

「すいません。公女殿下からの使いの者ですが、ロイカンネン将軍にお目通りできますでしょうか？」

「公女殿下の？」

「はい」

僕は預かっている書状を見せ、正式な使いであることを証明する。

「しょ、少々お待ちください」

門番の一人が慌てて屋敷の中へと入っていき、しばらくすると一人の執事が門番と共にやってきた。

「将軍閣下がお会いになるそうです。どうぞこちらへ」

「ありがとうございます」

僕とディアは中へと通され、執事の後をついていく。

そして。

――コン、コン。

「閣下。使いの方をお連れいたしました」

「失礼いたします。私はリューディア殿下にお仕えしております、アルカン＝クヌートと申します。

本日は殿下の使いとしてやってまいりました」

通された部屋に入るなり、僕は深々とお辞儀をして挨拶をする。

だけど……彼女がロイカンネン将軍か。

〝白銀の戦姫〟の二つ名が示すとおりの銀色の髪にサファイアのように輝く瞳、サヴァルタ人特有の白い素肌に整った鼻筋、そして薄い桜色の唇。

彼女のことを知らない者が見たら、こんな美しい人が公国最強の武人とは想像もつかないだろう。

「……ようこそお越しくださいました。まずはこちらへおかけください」

「あ、失礼します」

ロイカンネン将軍から抑揚のない声で座るよう促され、僕はソファーに腰かけた。

ディアも、将軍に悟られないように顔を伏せながら僕の後ろに立って控える。

「……それで、ご用件は？」

「単刀直入に申し上げます。将軍のお力を、是非ともリューディア殿下にお貸しいただきたいのです」

「……私の力を？」

ティーカップに注がれたお茶を口に含みながら、ロイカンネン将軍は鋭い視線を向けてきた。

「はい。ご存知のとおり、リューディア殿下はメルヴレイ帝国の属国となっている現状を打開するため、公国を再興しようと考えておられます。そのためには、どうしても将軍が必要なのです」

「……そうですか。でしたら、私から申し上げることはございません。お引き取りください」

はは……取りつく島もないな……。

だが、むしろ彼女との交渉はここからだ。

「申し訳ありません。僕には、将軍のおっしゃることが理解できません。将軍は何故、公国の再興に手を貸してはくださらないのでしょうか？」

「……失礼ながら、リューディア殿下では公国の再興は不可能かと」

「そうですか？　では将軍のお考えは、第二公子であらせられるエルヴィ殿下と同様、帝国に従属して帝国民となることでしょうか？」

「……っ！　……さあ、どうでしょう」

僕の言葉が癇に障ったのだろう。

ロイカンネン将軍は、僕に対してまさに殺気を放った。

正直、背中に大量の冷汗をかいたものの、毒殺されかけた僕からすれば今さらだ。

所詮彼女は僕を殺すつもりはないんだから、恐れる必要もない。

「では将軍は、一体どうなされるおつもりなのですか？　このままどちらにもつかず、ただ静観しているだけということでしょうか？」

「…………………………」

「ふう……これでは話になりませんね。このままでは、将軍はどちらの殿下が国を率いることになったとしても、兵権を剥奪されて将軍職を罷免される未来しか待っていないようです」

「っ⁉」

そう告げた瞬間、一切変わらなかったロイカンネン将軍の表情が険しくなった。

当然だ。そうなってしまったら、おそらく胸に秘めているであろうメルヴレイ帝国への復讐を果たすことができなくなってしまうのだから。

さて……将軍はどうする？

帝国への復讐を優先するのか、それとも、公国への復讐を求めるのか。

すると。

「……面白いことを言いますね。私の力が欲しくて、この場にいらっしゃっているというのに」

そう言うとロイカンネン将軍は、溜息を吐いた。

なるほど……彼女はこちら側の足元を見ているつもりのようだ。

確かに彼女の言うとおり、僕達は公国最強である彼女をどうしても陣営に引き入れないといけない。

でも、まだ彼女は理解していない。

どちらに交渉の主導権があるのかを。

僕は、チラリ、と後ろを見やる。

すると。

「フフ……別に、私はあなたなんか必要ないわ」

後ろに控えている一人の侍女……ディアが、クスクスと嗤いながらそう告げた。

ロイカンネン将軍は、そんな彼女をジロリ、と睨みつける。

「これがサヴァルタ公国の武を支えてきたロイカンネン家の現当主だなんて、期待外れもいいところよ。ただただ日和って、どちらにもつこうとしないで、なのに復讐心だけは一人前。これじゃ駄々っ子と同じね」

「っ!?　貴様！」

それまで抑揚のない声と変化の乏しい表情で応対していた将軍もさすがに我慢できなかったのか、立ち上がって声を荒らげた。

だけど……あはは、意外とバレないものなんだなあ。

僕には一目瞭然なのに。

「別に個人の感情を優先することを、私は否定しないわ。でもね、足元の声に耳を傾けもしないで引き籠っているような役立たずの将軍なんて、私には必要ないのよ」

「黙れ！　一介の侍女風情が！」

とうとう我慢できなくなり、ロイカンネン将軍はあろうことかディアに対してまで殺気を向けてしまった。

「フフ……一介の侍女風情にそんなことを言われて威嚇しかできない、あなたはなんなの？　本当に、期待外れだわ」

そう言い放って肩を竦めると、ディアは眼鏡とかつらを外した。

「あ……！」

「アル、行きましょう。もうここに用はないわ。ロイカンネン将軍……あなたはここで、ただ静かに歯ぎしりでもしていなさい」

「ロイカンネン将軍、失礼いたします」

僕はディアの後に続き、将軍のいるこの部屋を出た。

◇◆◇◆◇

「アル……本当に、あれでよかったの？」

「ええ、完璧です」

ロイカンネン将軍の屋敷を出て少し離れた道の角で、不安そうに尋ねるディアに笑顔で頷いた。

「それに、ディアが将軍に腹を立てていたのは事実でしょう？」

「それは、まあ……」

ディアは口ごもりながら、バツが悪そうに顔を逸らした。

そもそも、ディアはご両親が殺されたことによる帝国への恨みもあるが、属国となり果てたサヴァルタ公国と、サヴァルタ人が虐げられている現状を何とかしたくて、こんなにも奔走しているんだ。

ただ日和見を決め込んでいる将軍に対し、思うところがあるに決まっている。

しかも、ただの飾り以下でしかないディアとは違い、力のあるロイカンネン将軍が。

「あはは。僕の考えどおりなら、心配しなくてもロイカンネン将軍側から接触してくると思いますよ」

「そ、そうかしら……」

「はい」

あれだけ侮辱されたこともそうだけど、知らなかったとはいえディアに対し臣下である将軍が無礼を働いてしまったのだから、正式に謝罪すると共に皮肉の一つや二つ、言いたいに決まっている。

そして、そこからがいよいよ本番。

その時こそ、〝白銀の戦姫〟をこちらの陣営へ引き入れる時だ。

「それで、朝食時にもご説明しましたとおり、ディアはロイカンネン将軍との面会は全て断っていただきます。そうすることで、彼女はさらに不安になるでしょうから」

これまでは、ロイカンネン家の軍事力と自分自身の武があるからこそ、何度断ってもその時になってから馳せ参じればいいと考えていたのだろうけど、これでディアが公国を掌握した時、彼女の居場所が消滅してしまうわけだからね。

こちら側が面会を拒絶することで本気だと思わせてしまえば、もはや四の五の言ってはいられなくなるから。

「……ねえ、アル。ひょっとしてだけど、実はあなたも怒ってる？」

ディアが僕の顔をのぞき込みながら、おずおずと尋ねる。

あはは……ディアにこんなに簡単に気づかれてしまうなんて、これじゃ参謀失格かもしれない。

「まあ……彼女はディアにこんなに態度を取りましたからね……あなたのことを知っているから、僕としても思うところがあるわけで……って」

「フフ……アル、ありがとう……やっぱりあなただけが、私のことを本当に見てくれるのね……」

口元を緩めながら、嬉しそうに僕の胸に飛び込むディア。

そんな彼女が可愛くて、愛おしくて、僕はディアを優しく抱きしめた。

◇◆◇◆◇

「申し訳ございません。リューディア殿下は多忙のためお会いすることができません。どうぞお引き取りを」

ロイカンネン将軍と面会してから一週間。

あの日から毎日、ディアとの面会を求めてロイカンネン将軍からの使者がやってきている。

とはいえ、僕達はまだそれを受けるつもりはない。

何故なら、こうして使者を立てている時点で、本気で謝罪する姿勢を見せていないからだ。

もしディアに心から謝りたいのなら、使者を寄越すのではなくて将軍自ら宮殿まで赴くべきだ……って。

「ディア？」

「フフ……アル、眉間にしわが寄っているわよ」

通路の陰からヨナスさんと使者のやり取りを見ていた僕の眉間を人差し指で押しながら、ディアはクスリ、と微笑む。

どうやら僕は、この期に及んでもこんな真似をしている将軍に対する怒りが顔に出てしまっていたようだ。

「アル、私なら大丈夫よ。だってあなたが私の傍にいてくれるもの。たとえ誰一人として味方がいなくても、あなたさえいてくれればそれでいい」

「あはは……ディアの気持ちは嬉しいですが、僕はあなたという女性《ひと》の素晴らしさを公国中……いえ、世界中に知らしめないと気が済みません」

「フフ……もう」

そんなやり取りをしていると、使者は今回も諦めて帰るようだ。

はは、使者ごときが何度来ても同じことだよ。

「だけどアル、将軍はあとどれくらいで宮殿に顔を見せるかしら？」

「そうですね……あと二、三日といったところでしょうか」

今日の使者の必死な態度を見る限り、ロイカンネン将軍からはかなり言われているようだし、しびれを切らして出てくるだろう。

「殿下、アルカン様。使者の方がお帰りになられました」

いつの間にか僕達の傍にいたヨナスさんが、一礼しながら報告してくれた。

「あ、ありがとうございます。では僕は、次の策のための下見をしに行ってきます」

「その下見、私も一緒に行っては駄目……なのよね」

僕とヨナスさんにジト目で睨まれ、ディアはしょぼん、としてしまった。

「すいません。さすがにあんな場所に、あなたをお連れするわけにはいきません。ですからリューディア殿下は、僕の帰りを待っていてください」

「……ちゃんと無事に帰ってくるのよ?」

「もちろんです。僕はリューディア殿下を公女王にするのですから」

「そ、それもあるけど、その……」

上目遣いで恥ずかしそうにするディアを見て、僕は思わず抱きしめてしまいそうになるのを、拳を握りしめながら必死に我慢した。

◇◆◇◆◇

「ようこそお越しくださいました」

僕は今、公都の歓楽街にあるカジノに来ていた。

このカジノは、エルヴィ公子率いる従属派の貴族の一人、パッカネン男爵が経営している。

なお、ここは会員制で、貴族がお忍びで遊べるようにと、正体を隠すための仮面の着用を義務付けられている。

僕としても、自分の素性がバレることもないので好都合だ。

「さてさて……せっかく来たんだし、遊ばせてもらおう」

何といっても、ディアからそれなりに軍資金をいただいているしね。

ということで、僕は目の前にあったルーレットで遊ぶことにしたんだけど……うん、あっという間に軍資金の半分を失ってしまった。

どうやら僕には、こういった遊びの才能はないみたいだ。

ははは……やっぱり運までは、本を読んでルールを知っている程度じゃ駄目か……。

肩を落としながら、僕は別のゲームをしようとカジノの中を歩き回る。

「それにしてもこのカジノ、思ったとおりかなり繁盛しているな」

店内の盛況ぶりを眺めながら、僕は頷く。

ディアとヨナスさんから教えてもらった情報を見ると、パッカネン男爵の権勢はここ最近で急成長を遂げていた。

おそらくはメルヴレイ帝国から資金提供などを受けているんだろうけど、それを差し引いてもパッカネン男爵の勢いは目を見張るものがある。

パッカネン男爵の行っている事業は、このカジノ一店舗の運営だけなのに。

もちろん、これだけ繁盛しているのだから儲かっているのは当然だけど、それでもカジノの利益だけでは説明のつかない部分があった。

となれば、それ以外の商売にも手をつけていると見たほうがいいだろう。

「ん？　あれは……」

見ると、豪華な服装やドレスを着た紳士や淑女達が、カジノのスタッフに案内されて別室へと入っていった。

どうやらあの部屋に、僕が考えているようなものがあるとみて間違いなさそうだ。

それ以外にも怪しいところは何箇所か見受けられ、下見の収穫としては十分。

さすがにこれ以上深入りをしてしまったら僕自身に危険が及びそうなので、今日のところはここまでにしておこう。

それに、全てを正すのは彼女の役割なのだから。

僕は今後の策とルーレットで負けてしまった言い訳を考えながら、カジノを後にした。

◇◆◇◆◇

「へえ……それでアルは、負けておめおめと帰ってきたというわけね」

「…………………………」

宮殿に帰ってきた僕は、結局良い言い訳が思い浮かばず、素直に報告してディアに皮肉たっぷりにそう言われてしまった……。

　ま、まあ、ディアと二人きりであることが、せめてもの救いだ。もしヨナスさんがいたら、無駄遣いを咎められてしまっていたかもしれないし。

「まあいいわ。目的はカジノでお金を増やすことじゃないんだし」

「うう……面目ない……」

「フフ、じゃあ罰として、この私を思いきり甘やかしてちょうだい。アルがカジノに一人で行ったから、その……寂しかったし……」

　……僕の主君は、どうしてこうも可愛くて尊いんだろうか。

　とはいえ、ディアが尊大な態度を取るのも、独りぼっちで守ってくれる者がいない状況の中で、自分自身を守るために武装した結果だから。

　本当の彼女は、こんなにも素直で素敵で……いや、偉そうなディアも嫌いじゃないんだけど。

「コホン……ディア、どうぞ」

「フフ、ええ！」

　咳払いをしてから僕は両手を広げると、ディアはパアア、と満面の笑みを浮かべながら胸の中に飛び込んできた。

　そういえば……ディアは僕のことをどう思っているのだろう。

　少なくとも、僕に対して全幅の信頼を寄せてくれていることは間違いないけど、それは果たして部下としてなのか、同じ目的を持つ同志としてなのか、それとも……。

……いや、まずはディアを公女王にすることを考えるんだ。

僕のこの想いは、僕の中だけに留めておけばいい。

「それでアル、次の策についてもうまくいきそうなの？」

「はい。やはり何かあることは間違いありませんので、それを見つければいい話ですから、難しくはありません」

もちろん、相手はエルヴィ公子や帝国の後ろ盾を得ているパッカネン男爵。下手な者では迂闊に手を出すことはできない。

でも、彼女ならばそんなことは関係ない。

逆にこのことによって、さらに名声を高める結果になるだろう。

「ですので、これも全ては最初の策にかかっております。そしてそれが、さらにその次の策にも」

「フフ、そうね……本当に、アルはすごいわ。お父様を失ってからこれまでのことは、全てあなたのような人と出逢うための布石だったのかもしれないと思えるほどに」

「それは僕も同じです……ディアのような女性《ひと》と出逢えたことこそが、僕の唯一にして最上の幸運なのですから……」

僕とディアは、お互いに出逢えた喜びを噛みしめながら、お互いの温もりを求めて抱きしめ合った。

◇◆◇◆◇

「……失礼します。リューディア殿下にお目通りをお願いしたいのですが……」

僕がカジノの下見に行った日の三日後。

案の定、ロイカンネン将軍自ら宮殿を訪ねてきた。

もちろん、ディアに許しを請うために。

「申し訳ありません。リューディア殿下は将軍との面会を拒否されておりますので、お引き取りを」

今日に限ってはヨナスさんに代わり、僕が将軍の応対をする。

ここは、僕でないといけないから。

「……先日のことは謝罪いたします。ですから、どうか殿下へお取り次ぎ願います」

そう言うと、あの〝白銀の戦姫〟が深々と頭を下げた。

表情の変化に乏しいその美しい顔に、口惜しさをにじませながら。

はは……この女性《ひと》、まだ分かってないんだな。

どうしてディアが、本気で怒ったのかを。

「将軍閣下、その謝罪は何についてのものでしょうか？」

「……それは、仕える身でありながら、あのような失礼な行いをしてしまったことへの……」

「申し訳ありませんが、お引き取りを」

「……っ⁉」

案の定、求める答えではなかったことから、僕は冷たく言い放った。

……これは、もう少しかかるかもしれないな。

彼女を見ながら、そんなことを考えていると。

「貴様！　ペットの分際で将軍になんたる真似を！」

現れたのは、エルヴィ公子の取り巻きの一人、外務大臣のヨキレフト侯爵だった。

はは、僕が初めて宮殿に来たあの日、ディアに豚呼ばわりされて激怒していたっけ。

この男の情報を知った時、家畜の豚とはよく言ったものだと笑いを堪えるのに大変だった。

だって、外務大臣としてのこの男の仕事は、メルヴレイ帝国の機嫌を取ることだけなんだから。

「リューディア殿下のペットだからと調子に乗りおって！　この下賤《げせん》の者を捕らえよ！　この私自ら裁きをくれてやる！」

ヨキレフト侯爵の指示を受け、宮殿内の騎士達が僕を捕らえ、床に押さえつける。

「ここでは宮殿を汚してしまう。外へ連れ出して首を刎《は》ねてまいれ！」

「「はっ！」」

僕は両脇を抱えられ、そのまま引きずられるように連れていかれそうになる。

だけど。

「……待ちなさい。私はその者に用があるのです。放してください」

「しょ、将軍！　ですがこの者、あろうことか将軍を侮辱したのですぞ！　このヘルッコ＝ヨキレフト、将軍の名誉のためにも捨て置くことはできませぬ！」

連行される僕を解放するように告げる将軍に対し、ヨキレフト侯爵は必死にアピールする。

ははは……将軍に取り入るのに必死だな。

とはいえ、エルヴィ公子の陣営に加えたいだけでなく、個人的な願望もありそうだが。

……いや、この場合は願望ではなくて欲望か。

「……ヨキレフト卿、私は彼に用があると言ったはずですが」

「ぐぬ……わ、分かりました。命拾いしたな、この屑め」

ロイカンネン将軍に凄まれ、ヨキレフト侯爵はうめきながら渋々僕を解放した。

「それより将軍、実は帝国より極上のワインを手に入れましてな。よろしければ今から……」

「……私の話を聞いていないのですか？」

「……し、失礼しました……」

ようやく諦めたヨキレフト侯爵は、僕を睨みつけてからこの場から去っていった。

〝白銀の戦姫〟と豚では永遠に釣り合うことがないことを、いい加減理解すればいいのに……って。

「……失礼ながら、この私がいなければ、あなたは人知れず処刑されるところでした」

「……そのようですね」

どうやら彼女は、ディアと面会するために僕に恩を売ったつもりらしい。

ハア……仕方ない。本当は本人が気づくのがよかったんだけど、助けてもらったのは事実。教えることにしよう。

「わかりました」

「……っ！　では！」

「ですがその前に、一つ僕にお付き合いいただけますか？　そうしていただければ、リューディア殿下にお引き合わせいたします」

そう言うと、僕は人差し指を立ててニコリ、と微笑んだ。

◇◆◇◆◇

「……ここは？」

「はい。公国とメルヴレイ帝国とを繋ぐ地下通路です。ここを通れば、検問所を通過しなくても行き来することができます」

僕は『もちろん、ご内密に』との言葉を付け加え、ロイカンネン将軍に説明した。

「……このような通路があるとは知りませんでした。ひょっとして、先の戦の時に作られたものですか？」

「いいえ。これはサヴァルタ公国が属国となった後、リューディア殿下が作られたものです」

僕も彼女に教えてもらったのだが、属国となった直後はまだ公国内にも強硬派が多く、その時に支援を受けていくつかの国境越えのための通路を作ったらしい。

その後、多くの貴族の従属派への寝返りによりその通路は封鎖され、唯一残っているものがこれなのだという。

「……そう、ですか。それであなたは、私を帝国へ連れていって何をしたいのですか？」

「何もしません。ただ、見てほしいだけです」

そう言うと、僕は持ってきたポンチョを将軍に渡す。

ただでさえ彼女は美人な上に、その銀色の髪は目立ってしまうから。

「あ、どうやら到着したようです」

「…………………………」

僕と将軍は地下通路から建物の一室へと出る。

「せっかくですし、どこかで食事でもしましょうか」

「……それは結構なので、早くその見てほしいものとやらを見せてください」

「あはは、そんなに慌てなくても、どこでだって見ることができますよ」

僕と彼女はフードを被り、建物を出る。

相変わらず、デュールの街は殺風景だな……。

「……っ!?　あれは……！」

……どうやら将軍は、早速見つけたようだ。

「全く……サヴァルタ人が偉そうに道の真ん中を歩いてんじゃねーよ」

「………………………」

大通りを歩くサヴァルタ人が、帝国民に罵られていた。

だけど、こんなのはこの街では日常茶飯事だ。

……いや、帝国内のどこであれ、サヴァルタ人に人権はない。

「……っ！　どうして止めるのですか！」

「見つかったらまずいということもありますが、この程度でいちいち飛び出していてはキリがありませんよ。それにあの人も、石を投げられないだけましです」

「…………………………」

「さあ、早く行きましょう」

口惜しそうに歯噛みする将軍を連れて、僕は大通りを歩く。

理不尽な罵倒を受ける者。

見つからないようにと、こそこそとしながら歩く者。

いじめを受けている子どもまで。

いずれも、ただサヴァルタ人というだけでこんな仕打ちを受けていた。

「……どうしてですか」

「？　はい？」

「……どうして彼等は、帝国民からのこのような仕打ちを受け入れているのですか！　戦うなり、公国へと帰るなりすればいいじゃないですか！」

とうとう我慢しきれなくなった将軍は、声を荒らげて僕に詰め寄った。

「簡単ですよ。この帝国で生きていくためです」

僕は、この街に住むサヴァルタ人の実情について説明した。

ここに住むサヴァルタ人は、戦より前に暮らしている人もいれば、属国となってからこちら側に移り住んだ人もいる。

元々住んでいた人は、故郷であるこの街を捨てづらいというのもあるし、移り住んだ人は公国よりも帝国で暮らすほうがまだましな生活が送れるから。

たとえ、酷い仕打ちを受けようとも。

「……今の公国は、それだけ苦しい状況に置かれているんです。それだけじゃありません。属国となったことで、サヴァルタ人は帝国人よりも下なんですよ」

「……………………」

「仮に戦をしなかったとしても、貧しい公国は遅かれ早かれ帝国の属国となっていたでしょう。そして、このままではサヴァルタ公国そのものが地図から消えてしまいます」

「……っ!?　ど、どうして……？」

「簡単ですよ。帝国は、最初からそのつもりだったからです」

そう……帝国は、サヴァルタ公国を領土の一部に組み込もうとしていた。

だからこそディアの父君である亡き公王に理不尽な要求を突き付け、戦をするよう仕向けたのだから。

「……リューディア殿下は、そんなサヴァルタ公国の……サヴァルタ人の置かれている状況を知っているからこそ、帝国から独立することを目指した。サヴァルタ人の尊厳を取り戻すため、帝国の侵略を阻止するために」

「……あ」

「それでロイカンネン将軍閣下、あなたはどうなのですか？　このような事情は知らなかったのだと、ただ言い訳をするおつもりですか？　帝国も許せないが父親である先代将軍を道連れにした王族も許せない。そんなくだらない感情を抱え、また引きこもるのですか？」

本当は、このことを将軍自身に気づいてほしかった。

でも、こうなってしまった以上は仕方ない。

やはり、机上の策だけでは思いどおりにはいかないものだな……。

「……殿下は」

「？」

「……リューディア殿下は、こんな愚かな私を許してくださるでしょうか……？」

「分かりません。ですが今の将軍閣下でしたら、リューディア殿下もお会いくださるかと」

「……そう、ですか……」

ロイカンネン将軍は、そのサファイアの瞳からぽろぽろと大粒の涙を零しながら、サヴァルタ公国のある方角を見つめた。

◇◆◇◆◇

「……これまで私の犯した数々のご無礼、到底お許しいただけるものとは考えておりません。ですが……ですが、どうかこの私めを、リューディア殿下の配下の末席においてください……！」

若干困惑気味のディアの前で、ロイカンネン将軍がひれ伏し、額を床にこすりつけていた。

メルヴレイ帝国から戻ってきた僕と将軍は、宮殿に帰ってくるなりすぐにディアに面会し、今に至っている。

いや、公国の置かれている現状を認識した上で、こうやってディアの力になろうとしてくれていることはありがたいんだけど、さすがにここまでの変わりようは僕も予想外だ……。

「か、顔を上げなさい。とにかく、将軍が私に力を貸してくれることになったのは分かったわ。アル共々、これからよろしく頼むわね」

「……ありがとうございます！　このシルヴァ＝ロイカンネン、必ずや殿下のお役に立ってみせます！　そして、公国に自由と平和を！」

「え、ええ……」

表情に変化はないものの、これ以上ないほどサファイアの瞳をキラキラさせ、顔を上気させてディアを見つめる将軍。

うん……本当にこの女性《ひと》、面倒くさいなあ……。

「コホン……そ、それで、これからのことについてはアルが説明してくれるから、その指示に従ってほしいの」

咳払いし、ディアがそう言って僕に目配せをした。

なるほど……将軍の相手が少し面倒になったんですね？　気持ちは理解できます。

「……アルカン殿、どうかよろしくお願いします」

「え、ええ……」

僕の手を取りながら、将軍が詰め寄る。

あの……できればこういうことは、遠慮願いたい。

だってほら、ディアがものすごく不機嫌そうに僕を睨んでいるから。

「と、とりあえず、将軍閣下にしていただきたいことは二つです」

僕は将軍の手を離してから、次の策について彼女に説明する。

まず一つ目が、ディアとの関係が険悪なままであると装うこと。

これは僕達の陣営に将軍が加わったことで、エルヴィ公子達に警戒心を持たれないようにするため。

そして二つ目が。

「……パッカネン男爵が経営するカジノに、軍への密告があったと称して乗り込んでほしいんです。そして、その建物を徹底的に調べてください」

「……アルカン殿。そのカジノには、一体何があるのですか……？」

「分かりません。ですが、公国にとってよからぬものがあることは、間違いないでしょう」

おずおずと尋ねる将軍に、僕はそう答えた。

少なくとも、パッカネン男爵が急成長を遂げた要因があることは確実だし、まともな商売でここまでのし上がることは不可能。

なら、違法なものであることは想像に難くない。

「できればその調査結果で、他のエルヴィ公子の派閥の者も釣れればいいんですが……」

そう……それこそが、さらにその次の策へと繋がるはず。

だからこそ、僕はパッカネン男爵に目を付けたのだから。

「……なるほど。ではアルカン殿は、そこまで見据えて策を立てていたのですね……」

「まさか。これだけではありませんよ」

僕はこれらの策の行きつく先を、ディア、将軍、ヨナスさんに説明した。

「アルったら、そんなことまで考えていたなんて……」

「……これは、驚きました」

「そういうことですので、この策の成否《せいひ》は将軍閣下の双肩《そうけん》にかかっております。どうか、よろしくお願いします」

「……かしこまりました、アルカン様」

……ん？　アルカン様？

「え、ええと……それはどういう意味で……」

「……決まっています。このような深謀遠慮《しんぼうえんりょ》を持つ御方を、私は知りません。ですから、これからは尊敬の念を込めてアルカン様と呼ばせていただきます」

「は、はあ……」

この将軍、サファイアの瞳をキラキラさせながら、まるでディアを見つめるような眼差しを向けてくるんだけど……。

ま、まあ、それでやる気になってくれるならいいか……。

「……ですが、これほどの御方が運命に導かれるように殿下の前に現れるなんて……一体、アルカン様は今までどちらにお隠れになっておられたのでしょうか……」

いや、だからそんな瞳でコッチを見ないでください。

おかげでディアが、思いきり頬を膨らませていますので……。

だけど。

「あはは……今までは、薄暗い塔の中、かなあ……」

「……？　……塔の中、ですか……」

そう答え、僕は寂しく微笑んだ。

◇◆◇◆◇

「……いい加減にしてください。どうしてあなたごときが、〝白銀の戦姫〟である私の邪魔をするのですか」

「…………………」

僕は今、宮殿の玄関でロイカンネン将軍の足元にひれ伏している。

それも、彼女にぶたれて。

「……全く、あなたもあなたなら、そんなあなたを飼っているリューディア殿下もどうしようもない御方ですね」

そう言うと、将軍は口の端を持ち上げながら鼻を鳴らした。

すると。

「何ごとだ」

まるでタイミングを見計らっていたかのように、エルヴィ公子が取り巻き二人を連れて姿を現した。

「また貴様か！　先ほどは将軍の温情で首が繋がったというのに、今度という今度はもう勘弁ならん！」

そう叫ぶと、ヨキレフト侯爵が倒れている僕の髪をつかんで引っ張りあげた。

「……ヨキレフト卿、この者は私自ら分からせてやります。ですので、手出しは無用です」

「そ、そうですか……」

将軍に睨まれ、ヨキレフト侯爵が肩を落とした。

ははは……せっかく将軍の前でいい格好をしようとしたのに、残念だったな。

「ハハ……ロイカンネン、姉上のせいで不快な思いをさせて悪かった。今後はこのようなことはないように言い聞かせておこう」

「……ありがとうございます」

「これからは是非、公国の行く末についてロイカンネンと語り合いたいものだな」

「……機会がございましたら」

恭しく一礼する将軍を背に、エルヴィ公子は取り巻きを連れて上機嫌でこの場を後にした。

「……アルカン様、申し訳ありませんでした」

「あはは……いえ、こちらこそ打ち合わせどおりありがとうございます」

将軍の手を借り、僕は起き上がる。

ディア側と将軍が不仲であると見せつけ、警戒心を解こうと思って仕組んだことだけど、思いのほか信じてくれたようだ。

「……ですが、まさかエルヴィ殿下があのような礼儀知らずで不快な人物であったとは……」

「あ、あはは……」

あまり表情を変えない将軍にしては珍しく、苦虫を噛み潰したような表情を見せた。

「とにかく、あとは手筈どおりお願いいたします」

「……お任せください。必ずや、殿下とアルカン様のご期待に応えてみせます」

そう言って、将軍は胸を叩いた。

◇◆◇◆◇

■シルヴァ＝ロイカンネン視点

リューディア殿下に正式にお仕えすることとなった日から十日後の、今まさに日付が変わろうとしている時。

私は久しぶりに兵を招集し、屋敷に集結させた。

「……ここに集まった全兵士に告げます。これから公国の存亡に関わる任務をあなた達に与えます」

「「「「っ!?」」」」

私の言葉に、集まった兵士達が一斉に息を呑む。

だけど、兵士達の表情はどこか嬉しさを滲ませているように感じた。

……思えば、このように公国のために働くのは、久しぶりですね。

それもこれも、私が妙に意固地になってしまったことが原因なのですが……。

でも、そんな私の中のわだかまりを吹き飛ばし、嵐の後のどこまでも透き通る青空のような心持ちにしてくださったのは、リューディア殿下とアルカン様。

私の過ちに気づかせ、進むべき道を示してくださったお二人には、本当に感謝と尊敬しかない。

……お父様も、今の私のような気持ちで亡き公王陛下にお仕えしておられたのでしょうか……。

「将軍閣下、準備が整いました」

「……分かりました」

さあ、今こそこれまでの私の償いと、お仕えするお二人に報いるために動く時です。

「……向かう先は繁華街にあるカジノです。進軍開始!」

「「「「おおおおおー!」」」」

公都の闇の中を、私達は進む。

サヴァルタ公国の未来のために。

◇◆◇◆◇

「将軍閣下、カジノの包囲が完了しました。いつでも突入できます」

部下の報告を受け、私はゆっくりと頷く。

……さあ、始めましょう。

「……では、まずは私を先頭に五十人の兵で乗り込みます。他の兵はその場で待機し、カジノから出てきた者は確保の上、手筈どおりに事情聴取を行ってください」

「「「はっ！」」」

私は兵を引き連れ、カジノの門を叩く。

「……私は公国軍司令官のシルヴァ＝ロイカンネンです。匿名での通報があり、このカジノを調査します」

「っ⁉　ま、待ってください！　突然何を……っ⁉」

「……全員、徹底的に調べ尽くしなさい」

カジノ内に兵士がなだれ込み、カジノのお客達が困惑の表情を浮かべながら騒ぎ出した。

だけど、そんなお客達も私の顔を見た瞬間、押し黙る。

公国軍のトップが動いたのだから、騒いだところで状況は好転しないと理解したのでしょう。

……ひょっとしたら、この客達もアルカン様がおっしゃっていたような、いかがわしいことをしているのかもしれない。

すると。

「これは何ごとだ！　……って、ロ、ロイカンネン将軍⁉」

「……これはこれは、パッカネン卿」

階段を慌てて下りてきた、妙に着飾った小太りの男。

このカジノの所有者である、パッカネン男爵だった。

まさかリューディア殿下と不仲であったはずのこの私が、このカジノに大挙して押しかけるとは思ってもみなかったのでしょう。

パッカネン男爵は目を見開き、顔中から汗を噴き出しています。

「……匿名の通報を受け、このカジノを調査いたします。パッカネン卿もご協力をお願いします」

「そ、そんな⁉　それは困ります！　これは営業妨害ですぞ！」

「……何も問題がなかった場合は、今日の損失はこの私が全て補填いたしますので」

「ま、待って……っ⁉」

有無を言わせないとばかりにそう告げ、制止しようとするパッカネン男爵の手を振りほどいて私も調査に加わる。

その時。

「か、閣下！　こちらに来ていただけますでしょうか……！」

一人の兵士が、焦って私のもとへとやってきた。

どうやら、何かを見つけたようだ。

「……案内してください」

「はっ！」

私が兵士の後をついて向かった先は、地下へと通じる階段だった。

階段を下り、ドアを開ける。

そこにいたのは……檻に入れられた、年端もいかないサヴァルタ人の子ども達だった。

「っ⁉　……このような真似を……！」

私は怒りのあまり、拳で壁を打ち据えた。

レンガ造りの壁が、脆くも砕ける。

「……すぐに子ども達を救出、怪我などがないか確認を」

「はっ！」

檻を開け、子ども達を解放した。

だが……まさかこの公国で、人身売買をする者がいようとは……！

その後も上の階では、禁止されている薬を摂取して快楽に興じている者達、怪しげな取引を行っている者達など、公国では重罪にあたるものが次から次へと発見される。

「……パッカネン卿……いや、パッカネン。このような真似をして、ただで済むとは思うな。裁きを受け、死をもって償え」

「あ……あああああ……っ」

私の言葉に、殺気に、パッカネンは呆けた表情で膝から崩れ落ちる。

それを兵士達が捕縛し、連行した。

「ご報告します。地下で発見された子ども達は、衰弱しているものの命に別状はありませんでした」

「……そうですか。子ども達は最善を尽くして保護してあげてください」

「はっ！」

アルカン様の策によりこのカジノを調査しなければ、あの子達はどうなっていたか。

それ以上に、このような闇を公国が抱えていたとは……本当に、私は将軍として何をやっていたのですか……！

自分の愚かさが口惜しく、私は歯噛みした。

◇◆◇◆◇

「……調査の結果、パッカネンは人身売買、違法薬物の使用及び取引などを行っておりました。また、パッカネンと取引を行っていた者の名簿を入手いたしました」

カジノの調査を終え、ロイカンネン将軍が報告を行っている。

受け取った資料などから、連中はかなりの違法行為に手を染めており、加えて顧客名簿には公国内の貴族だけでなくメルヴレイ帝国の関係者もかなりの数がいたことが判明した。

これは……予想以上だな……。

「それで、将軍閣下はカジノの調査終了後、大々的に凱旋をしていただけましたか？」

「……は、はい。ですが、明け方ということもあり、住民達にはかなり迷惑をかけてしまいました。もしよろしければ、あの凱旋にどのような意味があったのか教えていただけますでしょうか？」

「はい。凱旋は、将軍閣下に英雄となっていただくために行ったものです」

「英雄に!?」

僕の言葉を聞き、ディアと将軍が同時に驚きの声を上げた。

そう……これがカジノの調査を強硬に行うことと併せて、ロイカンネン将軍でなければならなかったもう一つの理由だ。

大々的に調査を行って凱旋により全てを知らしめた今回の一件で、民衆達は公国の腐敗を糺《ただ》した正義の将軍を讃えるだろう。

そして、これからの将軍の行為は、全て正義の下に行われるものとして扱われる。

「……何より、そんな正義の将軍が仕えている御方が誰なのか分かれば、民衆はこう思うでしょう。

『正義の将軍の主であるリューディア殿下こそが、公国を導いてくれる』、と」

「あ……そ、そういうことなのね……」

ディアが、少しだけ恥ずかしそうにしながら頷く。

まあ、まさか自分がこんな形で担ぎ上げられることになるとは、思ってもみなかっただろうからね。

「……本当に、アルカン様は素晴らしいですね……！」

……うん。また将軍の中で僕の株が上がったっぽいけど、とりあえずは落ち着いてほしい。

「そして、今回の調査によってパッカネンをはじめ、従属派の多くの貴族を取り締まることができ、さらには帝国への悪い印象を民衆達に植え付けることにもなりました。これでエルヴィ公子も帝国も、目立った動きはできなくなるでしょう」

「フフ、エルヴィの悔しがる顔が目に浮かぶわ」

「……はい！」

さて……これで、ディアを公女王にするための策のうち、二つが成った。

次の策へと移るが、こちらも順調で顧客名簿の中に期待どおりの人物がいたし、これなら無事に釣り上げることができそうだ。

「あ……フフ、アルったらまた悪だくみを考えているでしょう？」

「えぇー……リューディア殿下、それはひどいですよ……」

そう言って悪戯っぽく微笑むディアに、僕は肩を竦める。

「冗談よ。これからも期待しているわ、私の・参・謀・様！」

ディアは、その真紅の瞳で僕の顔を見つめながら、咲き誇るような笑顔を見せてくれた。

第三章　埋伏の侯爵

「……それでは、まだ後始末が残っておりますので、これで失礼いたします」

「ええ。将軍、引き続きよろしくね」

「……はっ！」

ロイカンネン将軍が敬礼し、部屋を出ていこうとして。

――ガチャ。

「姉上！　ロイカンネン！　これは一体どういうことですか！」

こんな早朝からノックもせずに飛び込んできたのは、取り巻き二人を連れたエルヴィ公子だった。

「あら、エルヴィ。こんな朝早くに家畜の豚を連れてどうしたの？」

「っ！　どうしたもこうしたもない！　聞けば、ロイカンネンが独断でパッカネンのカジノを調査し、姉上のところに報告に来たというじゃないですか！」

「それが？」

「それがって……ロイカンネン！　あなたが何をしたのか、分かっているのか！」

嘲笑いながら肩を竦めるディアに苛立ちを隠せないものの、とりあえずは矛先を将軍へと向けるエルヴィ公子。

そんな無礼な彼の態度に、普段はあまり表情を変えない将軍も眉根を寄せた。

「フフ、将軍が何をしたかって、この公国で不届きな真似を働いた者を、正義の下に取り締まっただけじゃない。それにケチをつけるだなんて、まさかとは思うけどあなたもいかがわしい真似はしてないわよね？」

「っ！　ぶ、無礼な！」

「「これがこの国の第一公女の振る舞いか！」」

クスクスと嗤いながらディアが揶揄うと、エルヴィ公子だけでなく、取り巻きの二人も声を荒らげた。

でも。

「……あなた方の私の主に対するその物言い、到底見過ごせません」

そう言い放つと、将軍は殺気を込めながら剣の柄に手をかけた。

エルヴィ公子と取り巻きは、その圧力にたじろぎながら大量の冷汗を流す。

そして、これで明確になった。

公国の軍事は、ディアが全て掌握したことを。

「……フン。リューディア殿下、本日から宮殿内の警備については、この私めにご一任いただけますでしょうか？」

「フフ……ええ、もちろん。頼りにしているわよ」

「……はっ！」

「ま、待て！　何を勝手に……っ⁉」

「……何か？」

「い、いや……なんでもない……」

将軍の提案を慌てて止めようとするも、逆に凄まれてしまいエルヴィ公子は口ごもる。

もちろん、それは後ろの取り巻き達も。

もうこれで十分だろう。

そろそろお引き取り願うとしようか。

僕はヨナスさんに視線を送って頷くと、部屋の扉へと向かった。

「エルヴィ殿下、お帰りはこちらとなります」

「っ！　ペットの分際で……！」

口惜しそうに歯ぎしりするエルヴィ公子に、僕は恭しく一礼した。

でも、これ以上何を言っても分が悪いと感じたのか、エルヴィ公子達は忌々しげに僕を睨みつけながら部屋を出ていった。

「ふう……将軍閣下、ありがとうございます。まさか、そのようなご提案までしていただけるとは思ってもいませんでした」

「っ！　……い、いえ、むしろ宮殿内で今後もエルヴィ殿下や他の者達にあのような恥ずべき行為をされることは、絶対に認められませんので」

僕がお礼を言うと、将軍は抑揚のない声でそう答えた。

でも……うん、尻尾があれば思いきり激しく振っているに違いない。

「……アル、将軍、二人共本当にありがとう……負け惜しみ以外でエルヴィにやり返せたのは、これが……初め、て……よ……っ」

感極まったディアが、ぽろぽろと涙を零す。

ああ……今まで本当に、彼女は屈辱に耐え続けてきたんだ。

だから、たったこれだけのことでも、あなたにとって初めての勝利だったのですね……。

「あ……」

「リューディア殿下……あなたの勝利です。本当に、おめでとうございます……」

「アル……アル……！」

僕は優しくディアの手を取ると、彼女は堪え切れずに僕の胸に飛び込み、歓喜の涙を流した。

◇◆◇◆◇

ロイカンネン将軍が調査を終えてから一か月が経ち、公都はようやく落ち着きを取り戻し始めた。

パッカネン男爵の悪事を白日の下に晒した直後は、民衆達は大いに怒り狂った。

特に、貧しい子ども達の売買だけでなく、買われていった先での扱いが最悪だった。

何せ、子ども達は帝国の貴族達によって狩場へと連れていかれ、その命を一握りの帝国貴族の娯楽として、軽々しく扱われていたのだから。

このことをきっかけとして民衆の反感が非常に高まり、貴族、そして帝国に対するデモが公国内の各地で起こった。

一方で、不正を糺したロイカンネン将軍は公国の正義の鑑とされ、その賞賛を一身に受けていた。

もちろん、そんな将軍を配下に持つディアに対しても。

「フフ……エルヴィは火消しをしたいだろうけど、それを実行できる軍は全てこちらが掌握しているんですもの。指をくわえているしかないわね」

「はい。ですが、まだまだ油断はなりませんよ？」

窓の外を眺めながらクスクスと笑うディアを、僕はたしなめた。

エルヴィ公子だってその気になれば帝国の力を借りて兵士を投入することは可能だし、何より、今回の事件で多くの貴族を粛正することができたといっても、彼の背後にはまだ大物が一人いる。


――サヴァルタ公国の内務大臣、ヘンリク＝ラウディオ侯爵。


だけど。

「おそらく、ラウディオ侯爵は近々僕達に接近してくると思います。この事件で、彼の子である貴族の一人が粛正されましたから」

元々、カジノの調査では将軍の名声を高めることとエルヴィ公子の陣営に打撃を与えることに加え、ラウディオ侯爵の関係者を釣り上げることが目的だった。

ラウディオ侯爵をエルヴィ公子から引き離さないと、ディアが公国を手中に収めることができないばかりか、その後も立ち行かなくなってしまうからね……。

何より……僕には、どうにも気になっていることがある。

それを確認しなければ、僕達が前に進むことができないように思える……って。

「ディア?」

「もう……アル、今は久しぶりに二人きりなのだから、もう少し構ってほしいのだけど」

僕の手を取り、ディアが口を尖らせる。

まあ、彼女の言うとおり、僕とディアがこうして二人だけでいる機会が、あの事件を境にしてほとんどなくなってしまった。

というのも、事件の事後処理に追われていることもさることながら、急にディアに公務が次々と舞い込むようになってしまったからだ。

メルヴレイ帝国の圧力によって公王と宰相が不在の中、公務の象徴的な部分はエルヴィ公子が、実務面は各大臣が処理してきたのだが、事件によってエルヴィ公子の評判は地に落ちてしまい、これではしばらく表に立つことができない。

それに代わって、今では民衆の圧倒的な後押しを受けてディアが表に立つことになったが、それを不服としたエルヴィ公子につく従属派の大臣達が、仕事をボイコットしてしまったのだ。

なので、その実務を僕とヨナスさん、それにロイカンネン将軍にも手伝ってもらって、今はなんとかこなしているという状況だ。

そんな激務の合間を縫って、深夜とはいえこうやって僅かでも時間を作り、ディアと庭園で二人きりになれたのだから、彼女が不機嫌になってしまうのも無理はない、か……。

「あ……」

「すいません。月明かりの下でこんなに素敵な女性《ひと》と一緒にいるのに、失礼なことをしてしまいました」

ディアのその白くて細い手を取り、僕のできる精一杯の賛辞を添えて深々と頭を下げた。

これ以上の言葉は分不相応で、彼女に告げる資格がまだないから。

「フフ……分かればいいのよ。それに、アルは少し無理をしてしまうところがあるから、こんな時くらいはゆっくり休んでもらわないと、ね」

頬を赤らめ、真紅の瞳を潤ませながら、ディアはニコリ、と微笑みを見せてくれた。

ディア……あなたの傍にいるだけで、僕はいつだって幸せですし、心が癒されていますよ。

でも、今の僕はそれを口にすることはできない。

あなたは……ディアは、僕のことをどう思っていますか？

僕には、それを尋ねる勇気はなかった。

◇◆◇◆◇

「ふう……やっと片付いた……」

目の前の書類の束がひと段落し、僕は大きく息を吐いて思わず机に突っ伏した。

「いや、拗ねて自分の職務を放り出してしまう大臣って、一体なんなんだよ……」

一人そんな悪態を吐いていると。

――コン、コン。

「アルカン様、手紙が届いております」

「僕に？」

部屋にやってきたヨナスさんから手紙を受け取り、しげしげと眺める。

いや、僕に手紙を出すような人なんて、世界のどこにもいないと思うんだけど……。

そう思い、封蝋《ふうろう》を見る。

「……へえ」

僕は思わず口の端を持ち上げた。

だって……差出人は、あのラウディオ侯爵なのだから。

◇◆◇◆◇

サヴァルタ公国内務大臣、ヘンリク＝ラウディオ侯爵。

公国最大の貴族にして先代公王の頃から仕える名家の筆頭。

その政治手腕によって公国内に確固たる地位を築き、それは属国となった今も一切衰えていない。

だが、そんな彼は先代公王のよき理解者であり、最大の支持者であったと共に、数々の黒い噂が流れていた。

政敵を罠に嵌め、一族郎党全てを闇に葬った。

メルヴレイ帝国と通じて、先の戦で公国が不利になるように仕向けた。

そして……先代国王と時の宰相、将軍の三人をその手で殺め、帝国に差し出した。

もちろん、これらは全て憶測の域を出ないものの、ラウディオ侯爵自身は一切否定せず、ただ沈黙を貫いている。

そんな彼が、どうしてエルヴィ公子に与しているのか、それは誰も分からない。

ひょっとしたら扱いやすいエルヴィ公子を、裏で牛耳るつもりなのかもしれないな……。

「……それで？　アルは本当にラウディオ卿の誘いに応じるの？」

ラウディオ卿から手紙を受け取ったことを報告すると、ディアは訝しげな表情を浮かべながら尋ねる。

まあ、ディアじゃなくてこの僕に面会を求める手紙が届いたんだ。怪しむのも理解できる。

「……アルカン様、これはどう考えても罠です。お止めになられたほうがよいかと思います」

ロイカンネン将軍が、抑揚のない声でそう告げた。

でも、そのサファイアの瞳からは、僕を行かせまいとの必死さが窺えた。

「二人共、僕のことを心配してくださり、ありがとうございます。ですが、僕はこの面会の申し出に応じようと思います」

「……そう」

ディアは、プイ、と視線を窓の外へと移してしまった。

本心では引き止めたいけれど、僕の意見を尊重してくれるみたいだ。

「……っ！　……でしたら、その時にはこの私もお供いたします！」

「ありがとうございます。とはいえ、侯爵は僕一人で、と希望されていますので、それに従おうと思います」

「……ですが、それでは」

「将軍、いくら言っても無駄よ。アルはこう見えて、頑固なんだから」

「……はい」

なおも止めようとする将軍をディアがたしなめ、彼女は押し黙る。

「二人共、ご心配なく。僕の見立てでは、あくまでも話し合いだと思いますので、危惧しているようなことはないと思いますよ」

「……別に、心配なんてしていないわよ」

あはは……僕の主君は、存外過保護みたいだ。

でも、ディアが僕のことをそれだけ大切に想ってくれていることが、どうしようもなく嬉しい。

「リューディア殿下、将軍閣下、吉報をお待ちください」

「……フン」

「……アルカン様、どうかお気をつけて」

僕は二人に向け、ニコリ、と微笑んだ。

◇◆◇◆◇

「ここが……」

宮殿を出て馬車で向かったその先は、公都において宮殿を除いて最も大きな建物。

それこそが、ラウディオ侯爵の屋敷だ。

「失礼します。ラウディオ閣下よりお招きいただいた、アルカンと申します」

僕は招待の手紙を門番に見せた。

「アルカン様、ようこそお越しくださいました。どうぞお通りください」

確認を終えると馬車はすんなりと通され、玄関に横付けされる。

「ようこそラウディオ邸へ」

馬車から降りた僕を出迎えてくれたのは、僕より少し年上程度の、若い男性の侍従だった。

背は僕より頭一つ高く、栗色の長髪を後ろで束ね、どこか優しげな印象を与える美丈夫といった感じだ。

だけど……どこかで見たことがあるような……。

「私はお館様の侍従を務めております、マリウスと申します。アルカン様、でよろしかったでしょうか？」

「は、はい。アルカン＝クヌートと申します」

「では、お館様のもとへご案内いたします」

僕はユリウス殿に案内され、屋敷の中を歩く。

だけど……これは、宮殿にも負けないくらい豪華な屋敷だな……。

「この屋敷はサヴァルタ公国の建国当時から、代々ラウディオ家当主が公都で政務を行う際に利用してきたものです」

「な、なるほど……」

僕の雰囲気を悟って、ユリウス殿が微笑みながら説明してくれた。

「その……ユリウス殿はこの屋敷に仕えて長いのですか？」

「はい。私が八歳の頃からですので、今年で十五年になります」

「そ、そうですか……」

八歳の頃、か……。

同じ年の頃でも、かたやラウディオ家に奉公し、かたや薄暗い塔に幽閉だなんて、気の利かない皮肉だな。

――コン、コン。

「失礼します。アルカン様をお連れいたしました」

ユリウス殿に部屋の中へと通されると、そこには執務用の椅子に腰かけながら、僕には一瞥もくれずに黙々と書類を見ている中年の男性がいた。

この方が、内務大臣のラウディオ侯爵か……。

見た目の印象としては、内政官というよりも軍人といったほうが似合うかもしれない。

「よく来てくれた。私が、ヘンリク＝ラウディオだ」

ようやく僕を見て自己紹介をすると、ラウディオ侯爵は僅かに口の端を持ち上げた。

「アルカン＝クヌートと申します。本日はお招きくださり、ありがとうございます」

「いや、こちらが君に用があって呼び立てたのだ。礼を言われる筋合いはない」

「は、はあ……」

一応、社交辞令として挨拶をしたら、まさかこんな形で返されるなんて思ってもみなかった。

だけど、雰囲気から察するに、別に皮肉で言っているわけでもなさそうだ。

「まあ、かけたまえ」

「し、失礼します」

僕がソファーに腰かけると、ラウディオ侯爵も向かいに座った。

そして、ユリウス殿がお茶を出してくれた。

「それで、僕を呼び出した理由をお尋ねしてもよろしいでしょうか？」

「なに、大したことではない。先日のカジノの一件について、聞きたいことがあってな」

「カジノの件ですか？」

ラウディオ侯爵の問い掛けに、僕は首を傾げてとぼけてみせた。

あの事件については、あくまでも通報を受けたロイカンネン将軍が、独断で調査を行った結果、全てが発覚した体を取っている。

だから、将軍やディアならともかく、公女殿下の客人という位置づけでしかない僕に聞くというのは、どうにもおかしな話だ。

でも……僕をこうして呼びつけ、その話を持ち出したということは、今回の絵図を描いたのが僕だということを、目の前の侯爵は認識しているということだ。

……まあいい、とりあえずは様子を見よう。

「一応、僕もリューディア殿下に報告に来られた将軍閣下のお話の範囲でしか知りませんが……」

僕は、民衆ですら知っている程度の、当たり障りのない答えだけをした。

さて……ラウディオ侯爵はどう出る？

「ふむ……では次の質問だ。君はカジノの顧客のほとんどが、エルヴィ殿下の派閥に属している貴族やメルヴレイ帝国の要人であったことは知っているか？」

「そうなんですか？　あのカジノは会員制ではあるものの、資格さえ満たせば貴族でなくとも会員になれると、将軍閣下からは伺っておりましたが、まさかそのような構成になっているなんて……」

僕はわざとらしく、かぶりを振った。

「そうか……実は今回捕まった者の中に、我がラウディオ家ゆかりの者もいてな。それで、聞くところによると、君はリューディア殿下やロイカンネン将軍と懇意にしているそうじゃないか。なら、口添えを頼めないかと思ってな」

「は、はあ……」

視線を泳がせながら、僕は曖昧に返事をした。

だけど……やはり、僕についての情報がどこかから漏れている。

それが一体どこから漏れたのか、徹底的に調べる必要がありそうだな……。

「まあ、堅苦しく考える必要はない。ただ、このことは君にとっても悪い話ではないはずだと思うがね」

……僕には、ラウディオ侯爵の真意を測りかねる。

なら。

「……僕のようなどこの馬の骨とも分からないような者に頼むより、エルヴィ殿下にご依頼されたほうが確実かと思われますが……」

「……本当に、そう思うかね？」

僕が派閥の長に頼んではどうかと言外に告げると、ラウディオ侯爵はジロリ、と睨んだ。

はは……この威圧感、あの将軍にも引けを取らないな。

でも、だからって僕がそれに怯むはずもない。

「はい、僕はそう思います。やはりリューディア殿下の弟君であり、次の公王と目されておられるエルヴィ殿下であらせられますから」

「うむ……」

ん？　ラウディオ侯爵が考え込んでしまったぞ？

これは、何を意味するんだろうか……。

僕とラウディオ侯爵の間に、沈黙が続く。

だが、それを先に破ったのは、ラウディオ侯爵だった。

「……ふう。分かった、単刀直入に言おう。君ほどの男が、何故リューディア殿下の下にいるのかね」

「っ⁉」

……まいったな。

まさかラウディオ侯爵が、僕のことをそこまで評価していたなんて。

さて……だが、どうする？

ここまで言われたのなら、今さらとぼけても仕方ないだろう。

でも、答え自体は簡単だな。

「決まっています。王としての資質を備えているのは、リューディア殿下だからです。ただ殿下は、その力の使い道を知らなかった、そして、力を使う機会がなかった。それだけです」

そう……ディアとエルヴィ公子、どちらが公王に相応しいかなんて、比べるまでもない。

エルヴィ公子といえば帝国に従属するという形で媚び諂《へつら》い、一方で公国の者に対しては尊大で傲慢な態度を見せる。

先日の、ロイカンネン将軍の時のように。

だけど、ディアはそんなエルヴィ公子とは違う。

これまでは周りに敵しかいない状況だったため、あえて尊大な態度を見せて自己防衛をしていたけど、本当の彼女は国を想い、民を想い、たとえ〝厄災の皇子〟と呼ばれた厄介者であっても優しく包み込んでくれる、そんな慈愛に満ちた女性《ひめ》だ。

そんな彼女だからこそ、僕も、ロイカンネン将軍も付き従っているのだから。

そして、僕と将軍が味方となったことで、いよいよディアの本来の力が発揮されようとしている。

その片鱗を、先日の将軍との交渉の際に見せてくれた。

だから。

「僕は、僕にできる限りの力で、これからもリューディア殿下のお力になりたいと考えております」

「……そうか」

僕の偽りのない答えを聞き、ラウディオ侯爵は表情を変えず、ただ頷いた。

「ふむ……とりあえず、君の考えは分かった。その上で話を戻すが、君の言葉をそのまま受け取るならば、やはり君に口添えを頼んでなんとかしてもらうほうが早そうだ」

「…………………………」

ずい、と身を乗り出し、ラウディオ侯爵は有無を言わせないとばかりに僕の目を見る。

「どうだろうか？」

僕の本音を引き出した上で、再び交渉のテーブルに引きこんでくるなんて、さすがにしたたかだな……。

さて、こうなるとラウディオ侯爵自身が後押ししているエルヴィ公子を頼れという回答は、できなくなってしまった。

なんせ、僕自身がディアのほうがエルヴィ公子よりも優れていると言い放ったのだから。

もちろん、ラウディオ侯爵は僕達と敵対する側である従属派の領袖《りょうしゅう》なのだから、普通に断るという手もなくはない。

だけど。

「……僕ごときがどこまでお力添えできるかは分かりませんが、まずはやってみます」

「おお！　それは助かる！」

肩を竦めながらそう告げると、強面だった表情が打って変わり、ラウディオ侯爵は破顔した。

こうやっていとも簡単に表情を使い分けるところからも、目の前のこの男は侮れない。

「それで、ラウディオ閣下のゆかりの御方というのは、どなたなのでしょうか？」

「うむ、ユリウス」

「はい」

侯爵の後ろに控えていたユリウス殿が、一枚の書類を僕に手渡す。

そこに記されていたのは、カール＝パルネラという地方の子爵の情報だった。

だけど。

「……失礼ですが、本当にこの御方でよろしいのですか？」

「？　どういう意味だ？」

「いえ……」

不思議そうに尋ねるラウディオ侯爵に、僕は言葉を濁した。

それにしても、これはどういうことだ？

元々こちらで捕らえたラウディオ侯爵の子は、コッコラ伯爵という金遣いの荒い従属派の一人だったはず。

なのに、侯爵から示されたのは従属派でもラウディオ侯爵の子飼いでもなく、たまたま魔が差して違法薬物に手を染めてしまった、中立派の地方の一貴族。

ラウディオ侯爵ほどの人がわざわざ僕に頭を下げ、ある意味こんな危ない橋を渡ってまで助けようとするなんて……。

……少し、調べる必要があるな。

「分かりました。では、すぐに戻ってリューディア殿下と将軍閣下に交渉してみます」

「うむ、よろしく頼む」

「失礼いたします」

僕は席を立って恭しく一礼すると、ユリウス殿が扉を開け、来た時と同じように玄関まで案内する。

「では、ラウディオ侯爵によろしくお伝えください」

「かしこまりました」

深々と頭を下げるユリウス殿に見送られ、僕は侯爵邸を後にした。

だけど。

「……これは妙なことになったな」

そう独り言ち、僕はこの後のことについて考えを巡らせた。

◇◆◇◆◇

「ただいま戻りました」

「！　アル！」

宮殿に戻り、そのまま真っ直ぐディアの部屋へ来ると、彼女は僕を見るなりパアア、と満面の笑みを見せた。

「それでどうだったの？　ラウディオ侯爵に変なことをされてない？」

「あはは、僕は大丈夫です。それより、ラウディオ侯爵との件についてご報告しますので、将軍閣下もお呼びしましょう」

「ええ、分かったわ。ヨナス」

「かしこまりました」

ヨナスさんは一礼した後、すぐに部屋を出ていった。

しばらくの間、僕とディアが談笑していると。

「……アルカン様がお呼びとお聞きし、馳せ参じました」

「あ、は、はい……」

ディアの部屋に勢いよく入ってくるなり、ロイカンネン将軍は膝をつき首を垂れた。

おかげで僕は今、ものすごく微妙な表情をしているに違いない……って、どうしてディアはジト目でこちらを見るのだろうか……。

「その、とりあえず立ってください。それで、ラウディオ侯爵との面会のことですが……」

僕は、ラウディオ侯爵とのやり取りについて二人に説明した。

ラウディオ侯爵から、僕達が目を付けていた貴族ではなく、地方貴族の一人であるパルネラ子爵が罪を負わないように便宜を図ってほしいと依頼を受けたこと。

そして。

「……どのようにかは分かりませんが、ラウディオ侯爵は僕達の情報をつかんでいます。しかも、今回のカジノの一件に僕が絡んでいることまで知っていました」

「「っ⁉」」

そう告げると、ディアと将軍は息を呑んだ。

「そ、それっておかしいじゃない……この一件がアルの策だってことは、誰にも知られていないはずよ？」

「……そのとおりです。少なくとも私は、このことを誰にも話してはおりません」

「はい……もちろん僕も、お二人から漏れたなどとは思っておりません。ですが、これは事実です」

そう……どうやって情報を入手しているのかは分からないけど、こちらのことをラウディオ侯爵に把握されていることは間違いない。

エルヴィ公子との争いにおいては、いかにつかんだ情報を見せないかが勝敗を左右するというのに、これでは圧倒的に不利だ。

「アル……それで、どうするの……？」

「……とにかく、ラウディオ侯爵の頼みを引き受けてしまった以上、まずはそのパルネラ子爵に会ってみましょう。接点がないはずの侯爵が依頼したのです。何かあるのでしょうから」

「そうね……」

「……分かりました。すぐに面会できるよう、手配いたします」

「よろしくお願いします」

将軍は胸に手を当てて敬礼をし、部屋を出ていった。

◇◆◇◆◇

「……パルネラ子爵に、一体何があるのかしら……」

馬車に乗ってカジノで捕らえた貴族達を収容している施設へと向かう中、ディアがポツリ、と呟く。

「分かりません……とにかく、それについては本人に聞くとして、問題はどこから情報が漏れたかです」

「そうね……だけど、元々私は宮殿の者達から嫌われているから、怪しいといえば全員が怪しくなってしまうのよね……」

ディアはそう言うけど、それはないと僕は考えている。

もちろん、ディアの立場が不利に働くように行動することは考えられるけど、それでも、この僕が策を立てただなんて、絶対に思わないだろうから。

それは、今も宮殿で働く使用人達から受ける、侮蔑の視線からもよく分かる。

とはいえ僕も、目星がついていないわけではないんだけどね。

「ところで、ヨナスさんに仕事のほとんどを押し付けてしまって申し訳なかったですね……」

「仕方ないわ。アルはラウディオ侯爵の依頼をこなさなければいけないし、カジノの一件は今の最重要問題よ。何をするにしても、私と将軍がいないことには始まらないのだから」

「ええ……って、どうやら着いたようですね」

馬車は収容施設の門をくぐり、入口に横付けされる。

僕は先に馬車から降りると。

「ディア、どうぞ」

「フフ……ありがとう」

彼女の小さな手を取り、馬車から降ろす。

僕もようやく、女性に対しての礼儀が少しは身についてきたようだ。

「でも、こんなことをするのは、私だけにしてちょうだいね？」

「あはは……もちろんです。僕は、あなただけなんですから……」

「うん……」

ディアは、僕の手を取りながらそっと肩を寄せた。

「……殿下、アルカン様、お待ちしておりました」

先に来ていたロイカンネン将軍が、お辞儀をしながら出迎えてくれた。

「将軍。それで、パルネラ子爵はどちらに？」

「……はい。既に別室で待機させています。ですが……」

「何かあったの？」

「……子爵に会っていただければ分かります。まずは、どうぞこちらへ」

僕とディアは将軍の言葉が気になるものの、とりあえず彼女に案内してもらい、パルネラ子爵がいる部屋へと向かう。

「……この中に、パルネラ子爵がいます」

「分かったわ」

扉を開け、部屋の中に入ると、パルネラ子爵と思われる一人の男性が、憔悴しきった顔でうつむいていた。

しかも、ブツブツと何かを呟いている。

「パルネラ卿、私が分かるかしら？」

「はえ？　……あ、り、りゅーりあれんか……？」

「「っ!?」」

パルネラ子爵は、焦点が定まっておらず、呂律も回っていない。

これは……禁止薬物の後遺症によるものか……？

「困ったわね……これじゃ、聞くに聞けないわ……」

「とりあえず、ラウディオ侯爵のことについて尋ねてみましょう」

「そ、そうね。パルネラ卿、あなたは内務大臣であるラウディオ侯爵と、どのような接点があるのかしら」

「…………………………へ？」

ディアが問い掛けるも、パルネラ卿は首を傾げるだけだった。

どうやら、質問の意図も理解していないみたいだ。

「……殿下、アルカン様、いかがなさいますか？」

「そうですね……」

今もブツブツ言っているパルネラ子爵を眺めながら、僕は思案する。

僕の情報までつかんでいたラウディオ侯爵のことだから、パルネラ子爵がこんな状態だということは、知っているに違いない。

それでもなお、僕に子爵を助けるよう便宜を図るように言ってきたのには、何か理由があるはずだ。

だけど、その理由が思い浮かばない。

「将軍閣下……パルネラ閣下は、カジノでの調査において、どのように確保されたのですか？」

「……この調書によると、禁止薬物の中毒症状により部屋の中で倒れているところを発見されました」

「そうですか……その時、部屋にいた者は？」

「……このパルネラ卿一人だったようです」

そうなると、ますます怪しくなってきたな……。

何か、余計なことに巻き込まれているような、そんな気がしてならない。

こうなると、ラウディオ侯爵は何を知っているんだ……？

僕は口元を押さえ、思考を巡らせる。

その時。

「ああああー……」

「っ!?」

突然、パルネラ子爵が奇声を上げたかと思うと、立ち上がってディアに抱きつこうとした!?

「クソッ！　離れろ！」

僕は思わず二人の間に割って入り、パルネラ子爵を押し退けた。

「リューディア殿下！　大丈夫ですか！」

「え、ええ……ありがとう、アル……」

ディアはかなり驚いた様子ではあるけれど、特に問題はなさそうだ。よかった……。

「ああああー……」

「しつこいですよ！　いい加減に……っ!?」

また立ち上がり、今度は僕に抱きつくパルネラ子爵。

だけど、それによって乱れた彼の服の襟の裏に、紙片の端が見えた。

「……いい加減にしなさい！」

「あう……」

将軍が無理やり引き剥がすと、パルネラ子爵がもんどり打って倒れた。

僕は慌てて彼に駆け寄り、その服の襟を確認する。

「？　アル？」

「やっぱり……」

襟の裏には、四つ折りになった小さな紙があった。

「アル、こ、これ……」

「とにかく、開いてみましょう」

僕がその小さな紙を開いてみると……っ⁉

「……なるほど、そういうことか」

そこには、メルヴレイ帝国とパッカネン男爵、さらにはその裏にいる外務大臣のヨキレフトの名前が記されてあった。

それと共に、日付と数字が並んで記されている。

どうやらこれは、ヨキレフト侯爵及びパッカネン男爵の、帝国との取引記録みたいだ。

「……将軍閣下。この日付ですが、ひょっとして調査によって発見された人身売買の帳簿の日付と一致していたりしませんか？」

「っ⁉　……し、至急確認いたします！」

ロイカンネン将軍は、慌ててこの部屋を飛び出していった。

「ア、アル、それって……」

「……まずは、将軍の確認を待ちましょう」

そして。

「……アルカン様のおっしゃったとおり、紙に記されている日付が帳簿にある人身売買の取引記録と一致しました」

「やっぱり……」

これではっきりと分かった。

ラウディオ侯爵は、このパルネラ子爵に内偵をさせていたんだ。

それで、将軍に捕らえられてしまった彼が罪を負う前に、助け出そうと考えたのか……。

「ですが……これで、ますます期待できるというものです」

そう言うと、僕は口の端を持ち上げる。

元々そのつもりだったとはいえ、これは僥倖《ぎょうこう》というほかない。

「あ……フフ。私の参謀様には、何か考えがあるのね？」

「はい。是非とも期待していてください。これで、間違いなくリューディア殿下は公女王となります」

「そ、そう……っ」

僕の言葉を受け、ディアの頬に一筋の涙が伝う。

「あはは、まだですよ。涙は、その時まで取っておいてください」

「ええ……ええ……っ」

必死に涙を堪えるディアを見て、胸が熱くなった僕と将軍は、口元を緩めた。

◇◆◇◆◇

「お帰りなさいませ。殿下、アルカン様」

収容施設から戻った僕とディアを、ヨナスさんが出迎えてくれた。

「結構疲れたわね……だけどアル、あの様子だと将軍は簡単には差し出してはくれないわよ?」

「そうですね……」

僕とディアは顔を見合わせ、肩を落とす。

「……何かあったのですか?」

「ああ、ヨナス……あなたにも説明するわね」

ディアは、収容施設でのことについてヨナスさんに説明した。

パルネラ子爵が禁止薬物の副作用で、既に会話ができるような状態ではなく、ラウディオ侯爵との関係を聞き出すことは到底不可能であったこと。

やむなく、せめて収容施設から連れ出そうとしたけど、今度はロイカンネン将軍が侯爵への引き渡しについて強硬に反対したこと。

「……〝白銀の戦姫〟がこの上なく頑固だということ、失念していたわ……」

「ですね……」

「そうだったのですか。では、これからどうなさるおつもりで？」

「決まっているわ。将軍はアルに次ぐ、大切な仲間なのよ？　従属派の領袖としてエルヴィを支持しているラウディオ侯爵とじゃ、比べるまでもないわよ」

様子を窺いながら尋ねるヨナスさんに、ディアは手をヒラヒラとさせながら答えた。

要は、ラウディオ侯爵の依頼は達成できずじまいというわけだ。

「そういうことだから、この件はこれでおしまい。今日はもう疲れたから、お風呂に入って休むわね」

「かしこまりました」

ディアは手をヒラヒラさせながら、そのまま自分の部屋へと戻っていってしまった。

「あはは……どうしましょうか」

「アルカン様もお疲れでしょうし、このままお休みになられてはいかがでしょうか」

「では、そうさせていただきます」

僕はヨナスさんに見送られ、自分の部屋へと戻る。

さて……おそらくラウディオ侯爵は、今回の結果を受けて連絡をしてくるだろう。

早ければ、あと一、二時間のうちに。

それまでは、僕も部屋でくつろいでいるとしよう。

そう考え、僕はベッドの上に寝転ぶ。

でも、これでサヴァルタ公国は十年の時を経て一つになる準備が整った。

もちろん、カジノの事件で多くの従属派を取り締まったとはいえ、それでもエルヴィ公子に付き従う貴族は多い。

それも、もうすぐ切り崩すことができるだろう。

僕はこれからのことを思い、目を瞑る。

すると。

「……様。アルカン様」

「んう……？」

身体を揺すられ、僕の意識が少しずつ戻る。

「あれ？　ヨナスさん……って、ひょっとして僕、寝ていましたか？」

「はい」

僕の問い掛けに、ヨナスさんが頷く。

ああ……どうやら、本当に疲れていたみたいだな。

「それで、どうかしましたか？」

「はい。ラウディオ侯爵閣下より、手紙が届いております」

「っ！　来ましたか！」

僕は素早く手紙を受け取ると、封を開けて手紙を読む。

そこには。

『至急、会いに来られたし――ヘンリク＝ラウディオ――』

◇◆◇◆◇

「フフ……ラウディオ卿、どんな顔をするのかしら？」

ラウディオ侯爵の屋敷へと向かう馬車の中、眼鏡をかけてかつらを被り、侍女に成りすましたディアがクスクスと嗤っている。

「……それで、ヨナスさんには見つかってはいないでしょうね？」

「もちろんよ。今頃、私のことを血眼で探していたりして」

うわあ……悪い笑みだなあ……。

でも、ディアはものすごく綺麗なだけに、そんな表情ですらも蠱惑的《こわくてき》で引き込まれそうになってしまう。

だから。

「あ……」

「ディア……今日、これからあなたの歩む道が決まります。だから……」

「うん……よろしくね？　私の参謀様」

僕はディアの手を取り、互いに見つめ合う。

出逢ってすぐの頃は、彼女も尊大な態度で自分を守っていたけど、ロイカンネン将軍も味方に引き入れ、パッカネン男爵を摘発して従属派を切り崩したことが、ディアの中で大きな自信になってくれた。

今では、僕の前ではこんなにも素直な自分を見せてくれている。

そんな彼女が、僕はどうしようもなく愛おしい。

「ね……アル、私が公女王になっても、ずっと傍にいてくれるわよね……？」

急に不安そうにしながら、真紅の瞳でジッと見つめるディア。

「……もちろんです。僕は、いつまでもあなたと共に」

「ん……」

僕の手を強く握りしめ、ディアはニコリ、と微笑んだ。

すると。

「どうやら到着したようですね」

「ええ……アル、頑張ってね？」

「はい！」

労いの言葉をかけてくれたディアに、僕は力強く頷く。

ラウディオ侯爵の屋敷の玄関に横付けされた馬車から降りると。

「お館様が急にお呼び立てしてしまい、申し訳ございません」

「いえ……」

深々とお辞儀をしながら謝罪するユリウス殿に、僕は苦笑しながらかぶりを振った。

「それで、こちらの方は……？」

「はい。新たに私の補佐をしてもらっている侍女です。なんせ従属派の貴族の方々のほとんどが、牢屋に入れられるかボイコットするかですので」

「ああ……」

そう言って肩を竦めてみせると、ユリウス殿がクスリ、と笑った。

そんな彼の表情を見て、僕は慌てて振り返る。

だってユリウス殿は、美形で背も高くて、物腰も柔らかいから、その……女性なら彼に惹かれてもおかしくはないから……。

「？　アルカン様、どうなさいました？」

「あ、ああいえ……」

不思議そうに尋ねるディアを見て、僕は胸を撫で下ろす。

どうやらユリウス殿は、今のところディアのお眼鏡にかなってはいないようだ。

「では、どうぞこちらへ」

ユリウス殿に案内され、僕達はラウディオ侯爵の待つ部屋へと案内される。

その途中で。

「(フフ……だけど、本当に似ているわね)」

「(でしょう？)」

「(ええ！)」

ユリウス殿に聞かれないように、僕とディアは小声で話しながらクスクスと笑い合う。

そして。

「アルカン殿、よく参られた」

執務室へ入ると、少し渋い表情をしたラウディオ侯爵が立ち上がって出迎えてくれた。

はは……前回、僕が来た直後は一瞥すらしなかったのに、今回は余程焦っているのかな？

「ラウディオ閣下……いかがなさいましたか？」

「……ロイカンネン将軍が、思いのほかパルネラ卿の解放を認めないとの噂を聞いたのでな」

「そうですか」

そのまま促され、僕はソファーに座る。

「それで、これからどうするのだ？　ロイカンネン将軍は公国の武の要、私としても下手な真似をして衝突することは避けたい」

「そうですね……」

僕は口元に手を当てながら、思案するふりをする。

だけど……これで決定的になった。

やはりラウディオ侯爵は、僕達を……ディアを監視していた。

あとは、どういう意図をもってそうしていたのか、ということだ。

「……ラウディオ閣下。ご存知のとおり、ロイカンネン将軍閣下は今では強硬派の一人としてリューディア殿下に与しておられます。一方で、閣下は従属派の領袖。そこまで将軍閣下との関係を気にされる必要もないと思いますが……」

「そう簡単な話ではない。彼女がおらねば、少なくとも帝国が本気になった時点で、一瞬で終わる」

これで間違いない。

ラウディオ侯爵は、最初から従属派などではなかった。

表向きはメルヴレイ帝国に従属する姿勢を見せ、その裏では帝国の甘い汁を吸う従属派の貴族達を監視する。

将軍との関係を気にしているのも、万が一に備えてのことだろう。

……ひょっとしたら、ラウディオ侯爵もたった一人で戦っていたのかもしれないな……。

なら。

「ラウディオ閣下……一つだけ……一つだけ、お伺いしてもよろしいでしょうか？」

「……何かね」

僕が居住まいを正してラウディオ侯爵を見つめると、彼は僕の雰囲気が変わったことを悟ったのか、同じく真剣な表情で僕を見た。

「どうして、僕達を……いえ、リューディア殿下を見守っていたのでしょうか？」

「……………………」

そう……ラウディオ侯爵は、間違いなくディアのことを見守ってくれていた。

彼女の、最も身近な位置で。

「……どうしてそう思うのかね？」

「簡単です。将軍がパルネラ子爵を解放しない事実を知っているのは、僕を含め四人しかいないからです」

鋭い視線を向けるラウディオ侯爵に、僕は静かにそう答えた。

そう……パルネラ子爵の襟の裏から紙片を見つけた時に、ラウディオ侯爵が決して従属派ではないことを知った僕達は、それが間違いないかを確かめると共に、僕達の情報の漏洩元を確認するため、一計を案じた。

要は、ロイカンネン将軍がパルネラ子爵を解放しないとの偽の情報を告げることで、どのようにラウディオ侯爵に伝わっているかを確認したのだ。

「……元々、僕がリューディア殿下の参謀役を担っているということを知っているのは、宮殿内にも四人しかいません。同じく、この偽の情報を知っているのもその四人。つまり……」

ラウディオ侯爵を見据え、すう、と息を吸うと、僕はゆっくりと口を開く。

「リューディア殿下の侍従であるヨナスさんは、ラウディオ閣下の密偵ですね？」

「…………………」

僕の言葉を受け、ラウディオ侯爵は無言で目を瞑る。

「……ただ、ヨナスさんはリューディア殿下が子どもの頃……それも、帝国との戦が始まる直前から、侍従として仕えています。そこだけが、僕には分かりませんでした」

「…………………」

「ラウディオ閣下がヨナスさんをリューディア殿下の傍に置いた理由を、教えていただけませんか？」

そう尋ねると、後ろでディアが唾を飲み込む音が聞こえた。

彼女も、真実を知りたいだろうから……。

「……なるほど、君は思っていた以上に優秀すぎるな」

ポツリ、とそう呟き、ラウディオ侯爵は口の端を僅かに持ち上げる。

「君の言うとおり、ヨナスは私の部下だ。だが、そのことにいつ気づいた？」

「最初の違和感は、そちらにいるユリウス殿です。ユリウス殿の所作が、ヨナスさんに似ていたものですから。そして次に、ラウディオ閣下が僕をリューディア殿下の参謀役であると認識していたことで、違和感から疑惑に変わりました」

「そうか……」

そう言うと、ラウディオ侯爵は顎をさすった。

「クク……いやはや、リューディア殿下のところに君ほどの者が来てくれたことは、誠に幸運だった。よかろう、君達が疑問に思っていること、全て答えよう」

「あ……ひょっとして、気づいておられましたか？」

「当然だ。私はこんなに小さな頃から、見てきたのだからな」

ラウディオ侯爵は、後ろにいるディアを見つめながら、その強面の表情を笑顔に変えた。

◇◆◇◆◇

私は、先代公王のアードルフ陛下、宰相のキルボネン侯爵、そして将軍のロイカンネン侯爵と共に、このサヴァルタ公国の未来のためにこの身を捧げてきた。

だが……あの憎きメルヴレイ帝国は、十年前にこの国を滅ぼさんと周辺諸国にも圧力をかけ、支援を受けることができなくなってしまった。

クク、君も既に知っているだろうが、サヴァルタ公国という国は土地が貧しく、食糧は他国との貿易で賄っていた。

他国は食糧を、公国は北の険しい山脈で産出されるエメラルドを取引材料として。

そのエメラルドに、帝国は目を付けたのだ。

こうなってしまっては、十年前はただでさえ不作の年。国民は明日の食うものすらままならぬことになってしまう。

そこで、帝国はこんな条件を突き付けてきた。

現公王と側近達は総退陣し、帝国が指示した者を次の公王として立てろ。そうすれば、帝国が百年先の未来まで公国の安泰を約束する、と。

苦悩の末、アードルフ陛下はその条件を飲もうとした。

だが、私が放った密偵による命がけの調査の結果、帝国の目的はそれだけではなかった。

連中は、地図上からこのサヴァルタ公国の名を消し、全てを帝国に組み込むことを画策していたのだ。

しかも、皇帝ブレゾール＝デュ＝メルヴレイはアードルフ陛下の奥方であり公妃殿下であるフローラ殿下すらも狙っていた。

ブレゾールは、聖女と謳われていたクローディアを失った代わりに、フローラ殿下を自分のものにしようとしたのだ。

邪魔になる、アードルフ陛下を排除して。

だから我々は立ち上がった。

たとえ敗れると分かっていても、それでも、帝国の非道を世界に知らしめるために。

サヴァルタ公国はメルヴレイ帝国が要求してきた内容を、世界中に知らしめながら宣戦布告をした。

その結果、戦に敗れたサヴァルタ公国は帝国の属国となり、ブレゾールの命によりアードルフ陛下とキルボネン侯爵、ロイカンネン将軍は刑死。

そしてフローラ殿下も、陛下に殉じてしまわれた。

だが、この戦で帝国の思惑を白日の下に晒したおかげで、公国は属国となってしまったものの、帝国は下手な手出しができなくなった。

おかしな真似をすれば、それこそ諸国……特に東の雄メガーヌ王国に大義名分を与えてしまうことになるからな。

しかし、帝国はそれでも公国を滅ぼして版図に組み込もうと、支援という名目で多くの貴族を買収し、エルヴィ殿下をそそのかして従属への流れに持っていこうとしている。

「……それをなんとか阻止しようと、私はあえて従属派の中に入ってエルヴィ殿下や他の貴族を牽制しつつ、帝国の動きを見張っていた、ということだ」

なるほど……やはりラウディオ侯爵は、ラウディオ侯爵なりにこの国を守ろうとしていたということだったか。

それも、従属派の領袖としてディアに恨まれることも覚悟の上で。

「そういうこともあって私は表立ってリューディア殿下を手助けすることができぬゆえ、私の右腕であったヨナスを派遣し、殿下に危害が及ばぬようにしておった。強硬派である殿下は、帝国に目を付けられておるしな」

「「っ⁉」」

何気なく語った侯爵の言葉に、僕とディアは戦慄した。

ディアは……下手をしたら、命を狙われていた……？

「最近までは強硬派と言ってもほとんどいない状況だったので、帝国もさほど気にしてはいなかったが、これからはそうはいくまい。ロイカンネン将軍を強硬派に引き入れた上に、カジノの事件で公国……そして帝国の闇を晒したことで、世論も強硬論に傾いているからな」

「はい……もちろんそれは、理解しています」

そう……僕もまた、カジノの一件によって帝国が仕掛けてくることを予想していた。

だからこそ、僕はラウディオ侯爵をこちら側に引き入れることを画策していたのだから。

「それで、アルカン君……いや、ヴァレリウス殿下。もちろんこの後の策も考えておるのだろう？」

はは……やっぱり僕の素性も知っていたか。

だけど、侯爵の質問への答えは決まっている。

「お任せください。次の一手で帝国が公国に介入できないよう、最上の策をお見せいたします」

僕はラウディオ侯爵……そして、隣のディアに向け、口の端を持ち上げながら恭しく一礼した。

◇◆◇◆◇

「それで……ラウディオ侯爵は、リューディア殿下の味方になっていただける、そう理解してよろしいですね？」

僕はニコリ、と微笑みながら、ラウディオ侯爵に向かって念を押す。

先ほど語ってくれたことが真実であるとは思うけど、それでも、海千山千のラウディオ侯爵のことだ。自分が……いや、公国が不利となれば、平気で僕達を切るだろう。

たとえ親友の娘である、ディアであっても。

「もちろん、そう受け取ってもらって構わない。このヘンリク＝ラウディオ、リューディア殿下に永遠の忠誠を誓うとも」

そう言って、ディアに向かって深々と頭を下げた。

はは……頭を下げるのはタダだからね。

「分かったわ……ラウディオ卿、これからよろしくお願いするわね」

「承知しました」

「では、話もまとまったことですし、宮殿に戻りましょう」

「ええ」

ディアの手を取り、僕達は立ち上がる。

「アルカン君。君の次の策、楽しみにしているよ」

「はい。ですがラウディオ閣下も、そろそろ真面目に政務に勤しんでいただけると助かります」

「クク……痛いところを突く。だが、私が政務に戻るのは、君達が全てを整え終えてからだ」

「はは……」

ラウディオ侯爵の言葉に、僕は苦笑した。

まあ、帝国に見つからないように水面下で動いているんだ。まだ表に出るわけにはいかない、か。

とはいえ。

「なら、結構早く政務にお戻りいただけそうですね」

「クク……ハハハ……！」

僕はおどけてみせると、ラウディオ侯爵は大声で笑った。

◇◆◇◆◇

「ユリウス殿。お見送りいただき、ありがとうございます」

「いいえ、父によろしくお伝えください」

ニコリ、と微笑むユリウス殿に見送られ、僕とディアは馬車で侯爵邸を後にする。

うん……とりあえず、ディアがユリウス殿に興味がないようで本当によかった……。

「？　アル、どうしてホッとした表情を浮かべているの？」

「え!?　あ……そ、その……」

うう……実はディアがユリウス殿に取られるんじゃないかとやきもきしていたなんて、とても言えない……。

「あ……フフ、そういうこと。アルの策どおり、ラウディオ卿が私達の陣営に加わったことに安堵したのね」

「あ、あはは……そうですね……」

彼女の言葉に、僕は苦笑する。

ディアが勘違いしてくれたようなので、それに便乗しておこう。

「それでアル。ラウディオ卿もこちら側になったけど、これからどうするのかしら？」

「もちろん、次で仕上げですよ。これでディアは、この国の公女王……公女王リューディアに至る道が開かれるんです」

「そう……私が……」

感慨深げに口元を緩めるディアに、僕は力強く頷いた。

この後の策に向けて、あとは餌をまくだけ。

そうすれば、餌に釣られた馬鹿な連中がのこのこと姿を現すだろう。

とにかく、これでメルヴレイ帝国は認めざるを得なくなる。

――リューディア＝ヴァレ＝サヴァルタという女性《ひと》が、公女王になることを。


「そうだ。実はディアから一つ欲しいものがあるんです」

「欲しいもの？　あなたが何かをねだるだなんて、珍しいわね」

ディアは僕の顔をのぞき込み、揶揄うように口の端を持ち上げる。

「あはは……そうですね。ですが、今後の策のために、どうしても僕に必要なものなんです」

そう……〝厄災の皇子〟の僕には、なくてはならないものなんだ。

これから先、帝国に厄災をもたらすために。

「フフ……だったらアルのために、とびっきりのものをプレゼントしてあげる！　楽しみにしていて！」

「はい……よろしくお願いします」

僕の手を取り、嬉しそうにはにかむディアを見て、僕の心がどうしようもなく締めつけられる。

ああ……こんなにも身近にあって、どこまでも眩しくて遠い……。

でも、あなたにはこれから、ずっと陽の光のその先で輝いていてほしい。

僕は……あなたの輝きによって生まれた薄暗い影の世界から、そんなあなたをこれからも支え続ける。

……たとえ、あなたと結ばれなくても。

◇◆◇◆◇

「殿下……お帰りなさいませ」

「……殿下！　アルカン様！」

宮殿に戻るとヨナスさんが出迎え、恭しく一礼した。

その隣には、尻尾を振りながら待ち構えるロイカンネン将軍も。

そんな今にも飛びつきそうな将軍とは対照的に、ヨナスさんのその背中には、ディアに叱責されることへの覚悟が滲み出ている。

でも。

「フフ……ひょっとしてヨナス、私に何か言われると思ったのかしら？　いつもと雰囲気が違うわよ？」

それを見透かしているディアは、クスクスと笑った。

「……黙っておりましたこと、誠に申し訳なく思っております」

「別にいいわよ。あなただって、主人の指示なら従うしかないのでしょうし。それに……」

真紅の瞳が、頭を下げたままのヨナスさんを見据える。

そして。

「あなたが私を守ってくれていたこと、助けてくれたことは本当ですもの。だから……ありがとう、ヨナス」

「っ！　……殿下……っ」

ニコリ、と太陽のように微笑むディア。

そんな彼女の眩しさに、あのヨナスさんが思わず声を震わせた。

あはは……ヨナスさん、分かりますよ。

ディアは、本当に太陽みたいな女性《ひと》だから。

「さあさあ、リューディア殿下、ヨナスさん、将軍閣下。ラウディオ閣下も僕達の側についてくださったんです。最後の大詰めに向けて、これから大忙しですよ」

「……はい！　さすがはアルカン様！　あのラウディオ卿すらもその手中に収めてしまわれるなんて……！」

……はいはい、将軍のこんな反応もさすがに慣れましたよ。

そして、僕と将軍を見て拗ねてしまうディアにも。

ハア……まあ、仕方ないか……。

僕は、三人を見て溜息を吐き、そして苦笑した。

第四章　モルガン第二皇子との会談

「殿下、書状が届いております」

ラウディオ侯爵がこちらの陣営についてから一か月後。

僕とディア、そしてロイカンネン将軍の三人で政務の息抜きにとお茶をたしなんでいたところに、ヨナスさんが手紙を持ってきた。

「書状？　誰からかしら」

「……メルヴレイ帝国からです」

そう告げると、ヨナスさんはディアに書状を渡した。

「リューディア殿下……帝国は何と？」

「一か月後、帝国の第二皇子であらせられるモルガン皇子が、直々に公国にやってくるそうよ。しかも、帝国と公国の親善のためという名目で」

「「っ!?」」

ディアがそう告げた瞬間、僕と将軍は息を呑んだ。

そうか……ついに来たか。

「アル……」

「はい、いよいよです。いよいよ……！」

僕は、思わず拳を握りしめる。

そうだ……僕はこの時を、ずっと待ち続けていた。

いよいよ僕は、あの帝国に一泡吹かせることができる。

「リューディア殿下。一か月後に向け、僕はラウディオ閣下と早速打ち合わせをしてきます」

「ええ、アル。よろしくお願いするわね」

「はい！」

ディアに向かって力強く頷くと、僕は部屋を出て急ぎ侯爵の屋敷へと向かった。

そして。

「……ほう？　一か月後か……」

「はい……それで、ラウディオ閣下には協力していただきたいことが」

僕はその日のためにしてほしいことを、ラウディオ侯爵に詳細に説明する。

「クク……よもやそんなことを考えていたとは……確かにこれは、面白いことになりそうだな」

「はい。そのための民意も既に得ています。ただ……」

「……エルヴィ殿下、か……」

侯爵がポツリ、と呟き、僕は無言で頷く。

そう……今回の策において、一番危惧しているのはエルヴィ公子のこと。

今や民衆はディアを支持しており、エルヴィ公子の味方だった従属派の貴族達も粛正と世論に押され、かなり数を減らした。

それでも、帝国からすれば強硬派であり多くの民意を得ているディアを、認めるわけにはいかないだろう。

では、帝国はどうするか。

当然、エルヴィ公子を推してくるに違いない。

「……申し訳ないですが、この状況でエルヴィ公子を立てるという選択肢はありません。そうなってしまったら、それこそ公国は帝国の手に落ちてしまいます」

「……そうだな」

僕の言葉に、侯爵は目を瞑りながら静かに頷いた。

「それで、どうする？」

「……ラウディオ閣下には申し訳ありませんが、同じタイミングでエルヴィ殿下にも退場していただくことにします。帝国の使者である、モルガン皇子と共に」

「そうか……」

ラウディオ侯爵にも思うところはあるだろう。

エルヴィ公子もまた、ディアと同じく彼の親友の子どもなのだから。

「それでは閣下、下準備はよろしくお願いします」

「承知した。当日の結果を楽しみにしているよ」

僕はラウディオ侯爵と握手を交わし、ディアの待つ宮殿へと帰った。

◇◆◇◆◇

「アル、ラウディオ卿との話はどうだったの？」

宮殿に帰るなり、待ち構えていたディアとロイカンネン将軍が心配そうな表情を浮かべながら駆け寄ってきた。

「はい。とりあえず、メルヴレイ帝国の親善使節団の訪問に向けて、ラウディオ閣下にも動いてもらえることになりました」

「そ、そう……」

僕がそう告げると、ディアはあからさまに安堵した様子を見せた。

まあ、ラウディオ侯爵が僕達の陣営についたといってもまだ日も浅いし、何より今まで誰も味方のいない状態だったディアからすれば、そう簡単に信用できないのは仕方のないことだ。

うん……だからこそ参謀の僕は、しっかりディアと家臣達との橋渡しをしなければ。

特に、今回のことがうまくいけば、その時こそサヴァルタ公国は一枚岩になれる。

そしてディアには、公国の象徴として立ってもらわないと。

もちろん、ロイカンネン将軍にも公国の英雄として活躍してもらい、ラウディオ侯爵には政治の中枢を引き続き掌握してもらうつもりだ。

「ということで、僕達も色々と準備を進めないといけませんね。特に将軍閣下には、公国軍の統率力と武威《ぶい》をまざまざと見せつけてもらわなければいけませんから」

「……お任せください！　必ずやアルカン様のご期待に添えてみせます！」

ロイカンネン将軍が顔を上気させ、勢いよく胸を叩いた。

少々入れ込みすぎのような気もするけど、ま、まあいいか……。

「フフ……じゃあアル、まずは何から始めるのかしら？」

「はい。最初にすべきこととして、メルヴレイ帝国の使節団が親善を目的としてやってくることを、公都……いや、公国全土に伝え広げます」

「……何故でしょうか。それではまるで、サヴァルタ公国がメルヴレイ帝国を歓迎しているようではないですか」

僕の言葉を聞いたロイカンネン将軍が、僅かに眉根を寄せた。

普段は表情の変化に乏しい彼女だけに、それだけ不満に思っているのだろう。

「将軍閣下、お忘れですか？　サヴァルタの民が、メルヴレイ帝国に対してどのような感情を抱いているのかを」

「……あ」

そう……元々、先の戦でこの国は属国としての扱いを受け、何年も虐げられ続けてきた。

それに加え、例のパッカネンによる人身売買や禁止薬物などの取引が露見したことによって、サヴァルタ人が帝国の連中にオモチャとして扱われてきたことが白日の下に晒されたんだ。

サヴァルタの民は今、かつてないほどにメルヴレイ帝国に対して憎悪を抱いている。

「そんな彼等が、メルヴレイ帝国が親善の名目でやってくることを知ったら、どうなると思います？」

「……最悪、暴動が起きかねません」

「はい。さすがに暴動を起こさせるわけにはいきませんし、下手をすればリューディア殿下をはじめとした王侯貴族に矛先が向いてしまうおそれもありますので、そこは上手く誘導してやる必要はありますが、憎しみの籠った視線や罵声を浴びれば、帝国の連中はどう思うでしょうか？」

「決まっているわ。帝国のことだから私達に抗議するか、最悪国民に対して非道な真似を行うかもしれないわね」

ディアが複雑な表情を浮かべながら、僕を見る。

僕の策を支持したいけど、国民を危険に晒すようなことはしたくない、そう考えているんだろう。

「そこで、将軍閣下の出番です」

「……私の、ですか？」

「はい。パッカネンの事件を解決し、サヴァルタの民を救った英雄である将軍閣下ご自身が、メルヴレイ帝国の使節団の護衛に当たるのです。そうですね……できればその際は、唇を噛んで悔しそうにしていただけると、完璧です」

「そ、そういうことね。確かに将軍が一緒なら民衆は手が出せないし、将軍も本意ではないことがわかれば、より感情を煽ることに繋がるわ」

納得の表情を浮かべるディアとロイカンネン将軍に、僕は頷いてみせた。

「……本当に、アルカン様はその黒曜の瞳でどこまで先を見据えていらっしゃるのですか。私には到底、あなた様の考えには及びません」

「フフ！　当然よ！　だってアルは、私の参謀様ですもの！」

目を瞑りながらかぶりを振るロイカンネン将軍に、ディアが嬉しそうに微笑む。

「それで、アルのことだから民衆を散々煽ってそれでおしまい、なんてことはないわよね？」

「もちろんです。全てはディアが公女王になって、盤石の体制を築くことが目的なのですから」

そして、その先……サヴァルタ公国が独立を果たすと共に、あのメルヴレイ帝国を地図から消し去る。

それこそが、僕の目的……復讐なのだから。

すると。

「アル……」

気づけばディアがそっと寄り添いながら、そのルビーのような真紅の瞳で心配そうに僕の顔をのぞき込んでいた。

「……ご心配には及びません。リューディア殿下はただ、前だけを見続けてください。僕はそんなあなたを、これからもずっと支え続けてまいります」

「うん……」

僕がニコリ、と微笑むと、ディアは蕩《とろ》けるような笑顔を見せてくれた。

◇◆◇◆◇

それから僕達は、メルヴレイ帝国の使節団の受け入れ準備のために奔走した。

といっても、モルガン皇子をはじめとした使節団の受け入れそのものは、ディアではなくエルヴィ公子とヨキレフト侯爵以下が執り行うため、それ以外のこと……つまり、ディアが公女王となるための準備だ。

今回のことで、必ずや僕はディアを公女王へと導いてみせる。

ということで。

「ラウディオ閣下、そちらの進捗はいかがですか？」

「うむ、あちらのほうは既に三分の二を取り込んでいる。向こうについても、いつでも可能だ」

僕の問い掛けに、ラウディオ侯爵は口の端を持ち上げた。

だけど……はは、さすがは公国の政治の裏側を握ってきただけのことはある。もうそんなに、エルヴィ公子派の貴族を取り込み済みか。

これなら本番の時には、メルヴレイ帝国が直接背後にいるヨキレフト侯爵をはじめとした一部の貴族を除けば、全てこちら側に引きこめそうだ。

「クク……なに、簡単であったよ。さすがに公国内の世論が帝国憎しに傾いておるのだ。あの馬鹿な連中でも、それくらいは分かる。とはいえ、この期に及んで迷っておるような者は、即刻切り捨てるとほんの少し脅しはかけたがな」

「は、はは……」

そう言ってくつくつと嗤うラウディオ侯爵を見て、僕は乾いた笑みを浮かべた。

こ、この人を味方に引き入れることができて、本当によかったよ……。

「それでアルカン君、君達のほうはどうなのかね？」

「はい。公都全域及び公都とメルヴレイ帝国とを結ぶ街道に沿って、公国との親善のための帝国使節団がやってくることについて流布しております。このままいけば、使節団がやってくる頃には、公国全土に広まっているでしょう」

「そうか。だが、その後はどうするのだ？　民衆の支持を得、貴族の支持も取り付けた。通常であればこれだけで十分リューディア殿下が公女王に就くことは可能だが、帝国は決して認めないだろう……」

ラウディオ侯爵は、そう言って僅かに肩を落とす。

すると。

「お館様、アルカン様、お茶をお持ちしました」

まるでタイミングを見計らったかのように、ユリウス殿がお茶をカップに注ぎ、差し出してくれた。

「ありがとうございます。いい香りですね」

「はい、これは朝摘みの茶葉を使用しておりますので」

「へえー、そうなんですね」

正直、僕にはお茶の良し悪しなんて何一つ分からないけど、この鮮やかな香りと味がすごいことだけは分かる。

はは……下手をしたら、宮殿のものよりも質がよかったりして。

「さて、話を戻そう。それで、どうするのだ？」

ラウディオ侯爵は、声は穏やかながらも鋭い視線を向ける。

確かに、ここでディアの王位を勝ち取らなければ、全てが無に帰すからね……ラウディオ侯爵も必死だ。

「そこから先は、僕のここを信じていただくほかありませんね」

「否、か……」

少なくとも、国内での支持基盤を固めることには成功した。

あとは使者としてやってくる第二皇子達を、いかにして丸め込むかだ。

「……ふむ、いくらか心許ないな」

「はは……ですが、僕には自信があります。必ずや使節団……いえ、モルガン皇子に、僕達と手を結びたいと言わしめてみせます」

「そうか……私もここまで来たのだ。もはや、君を信じるしかあるまい」

そう言って、ラウディオ侯爵は深く息を吐いた。

どうやら覚悟は決まったようだ。

「話は変わるが、エルヴィ殿下はいかがなさっている？　もちろん、こちらの動きを悟られぬようにする必要もあるが、それ以上に使節団を迎え入れるための準備が滞っていては、話にならんぞ」

「あー……そちらはヨキレフト侯爵が取り仕切っておりますが、今のところは滞りなく行われております」

「そうか、ならいい」

僕の言葉に、ラウディオ侯爵は安堵した様子を浮かべた。

エルヴィ公子を切り捨てることにしたとはいえ、それでも大切な親友の息子。心配なのだろう。

だけど……僕は、ラウディオ侯爵のそんな思いを無にすることになる。

何故なら、エルヴィ公子やヨキレフト侯爵が準備しているものは、全て台無しにするつもりだから。

「では、僕も宮殿へ戻って準備を続けます」

「うむ。リューディア殿下に、くれぐれもよろしく伝えてくれ」

「はい」

ラウディオ侯爵と握手を交わし、僕は彼の執務室を出た。

「アルカン様」

すると、ユリウス殿が神妙な面持ちで声を掛けてきた。

その瞳には、どこか僕に対して敵意のようなものを孕《はら》んで。

「……どうか、お館様の想いを汲んでいただきますよう、お願いいたします」

そう言って、ユリウス殿は深々と頭を下げた。

どうやら、僕の考えを読み取ったようだな。

「もちろんです。ラウディオ閣下は、リューディア殿下にとって大切な支援者でもありますし、同じ舟に乗るいわば同志ですから」

僕はユリウス殿に向かって、ニコリ、と微笑んだ。

その胸の内にある、思惑を悟られないように細心の注意を払いながら。

「……そのお言葉、今は信じます」

「はは、ありがとうございます」

そうして僕は、ユリウス殿に見送られながら馬車に乗り、宮殿へと帰った。

でも、ユリウス殿の視線は最後まで僕を捉えて離さなかった。

◇◆◇◆◇

「ふう……」

宮殿へと戻った僕は、執務室である名簿を眺めていた。

これこそが、メルヴレイ帝国にディアを認めさせるための切り札になる。

あとは、使節団と接触することができれば……。

――コン、コン。

「あ……ア、アル、ひょっとして仕事中だったかしら……？」

「あはは、大丈夫ですよ」

ノックして執務室に入ってきたディアがおずおずと尋ねる姿を見て、僕はクスリ、と微笑みながら彼女の手を取り、招き入れた。

「それで、どうされたのですか？」

「フフ……使節団がサヴァルタ公国にやってくるまで、いよいよ一週間を切ったでしょう？　その、あなたが根を詰めすぎていないかと思って」

僕を心配して様子を見に来てくださったのか。

本当にディアは、優しくて気遣いのできる、素晴らしい女性《ひと》だ。

「あはは、僕なら心配いりません。疲れてもおりませんし、決して無理はしていませんよ」

「そ、そう？　ならいいんだけど」

そう言うと、何故かディアが僕と僕の隣……つまり、空いているソファーの隙間を交互に見ている。

あ……これって……。

「あ、あの……ディア、僕の隣に座りますか……？」

「っ！　フフ！　ええ、そうするわ！」

僕がそう告げた瞬間、ディアはパアア、と満面の笑みを浮かべた。

あはは、可愛いなあ。

「あら？　これって……」

僕の隣に来たところで、ディアは机の上にある名簿を目聡く見つけた。

「はい、あの名簿です」

「ふうん……これをどうするつもりなの？」

「これはですね……」

僕はディアの耳元に顔を近づけ、そっとささやいた。

「……アルはそうしたほうがいい、ということなのよね……」

「はい。こうすれば、ディアの王位継承は間違いありませんし、帝国の連中を弱体化させることにも繋がります。そして……これで、僕達は時を稼ぐことができます」

このサヴァルタ公国が本懐を遂げるために、最も必要なもの。

ディアが、公女王となること。

機が熟すまでの時を稼ぐこと。

ディアがこの世界に羽ばたく、その時のために。

「うん……私は、私の信じた参謀様についていくだけ。だからアル……私の全て、あなたに委ねるわ」

本当は、両親の敵であるメルヴレイ帝国に対しこんな真似をすることは、彼女にとって耐え難いことのはず。

でも……それでも、あなたは僕を信じて頼ってくださるのですね……。

「ディア、僕に全てお任せください。必ず……この僕が必ず、あなたの望む全てを手にすることができるようにいたします」

「フフ……ええ」

ディアは、サヴァルタの空に輝く太陽のような笑顔で応えてくれた。

◇◆◇◆◇

「……それでは、行ってまいります」

サヴァルタ国境の街ライオラへと出立するロイカンネン将軍が、わざわざ挨拶に来てくれた。

これから彼女は、そのライオラの街で三日後にやってくるメルヴレイ帝国の使節団を迎え、護衛を兼ねてこの公都へと一緒に戻る予定だ。

今のところ、使節団の人数規模などの情報は伝わってはいないが、帝国の権威を示すためにも、おそらくは千名以上の規模になるだろうと踏んでいる。

もちろん、こちらもそれに負けじと、ロイカンネン将軍は三千名を率いる手筈になっているけど。

少なくともこちらが数で圧倒されるわけにはいかないし、今回の目的の一つは公都並びに街道沿いに住む民衆達に、帝国に対する憎悪を向けさせることと、ロイカンネン将軍が支持を集めることだからね。

とはいえ。

「〝白銀の戦姫〟であらせられる将軍閣下ですので、何一つ心配しておりません。僕はただ、あなたのお戻りを待つだけです」

「……っ！　あ、ありがとうございます！　このシルヴァ＝ロイカンネン、必ずや役目を果たしてまいります！」

僕の言葉に気を良くしたのか、ロイカンネン将軍はこれでもかと尻尾を振っている……ように見える。いや、そうとしか見えない。

「は、はい。それでは、お戻りをお待ちしております」

そう言って、僕は恭しく一礼して将軍を見送る……んだけど。

「え、ええと……将軍閣下？」

何故か彼女は、まだ僕の前に立ったままでいた。

それに、雪のように白い頬を赤く染めながら、上目遣いで僕を見ている。

「……此度のこと、無事に成果を得たあかつきに、アルカン様にどうしてもお願いしたいことがございます」

「お願い、ですか……？」

将軍が僕にお願い？　一体なんだろう……。

「そ、その、僕にできることでしたら、なんなりと」

「……っ！　あ、ありがとうございます！　で、では、その時は是非よろしくお願いします！」

「わ!?　ちょ!?」

興奮したロイカンネン将軍が僕の手を取り、ずい、と顔を寄せた。

ち、近い……というか、あまりにも綺麗なその顔に、僕は思わずしどろもどろになってしまう。

そして。

「……アルカン様！　約束しましたからね！」

ロイカンネン将軍は彼女に相応しい白馬に跨ると、普段は変化のないその表情を、咲き誇るような

笑顔に変えた……って!?

「……へえ。あの将軍のお願いって、何かしらね……？」

「ディ、ディア……様……？」

得も言われぬ殺気を感じて振り返ると、そこには思いきり頬を膨らませ、眉根を寄せるディアが腕組みしながら仁王立ちしていた。

その後ろで苦笑する、ヨナスさんと共に。

でも、そんなディアをとても可愛らしいと思ってしまったことは、彼女には内緒だ。

◇◆◇◆◇

「そろそろ、か……」

ロイカンネン将軍が兵を引き連れてライオラの街へと出立してから三日。

僕は、執務室の窓の外を眺めながら、ポツリ、と呟く。

おそらく将軍は既にライオラの街に入っており、今頃はメルヴレイ帝国の連中を国境の門前で待ち構えていることだろう。

ただ、彼女は僕の指示を忠実に実行してくれるものの、相手は尊敬していた父親の仇。いざ目の前にして感情的になってしまう可能性も否定できない。

「……本当は、僕も一緒に行ければよかったんだが……」

そうすれば、ロイカンネン将軍が暴走することもなくなるだろうし、何より、すり合わせをするための余裕も生まれる。

だが、エルヴィ公子やヨキレフト侯爵の動向の監視やラウディオ侯爵との調整など、僕はまだこの公都でしなければならないことがある。

それに。

――コン、コン。

「アル、あなた朝からずっと働きづめでしょう？　少し休憩なさい」

こうやって僕を気遣ってくれる優しくて素敵な公女殿下を、独りになんてさせるわけにはいかないしね。

「あはは、そうですね。せっかくディアから誘ってくれたんですから、休憩にしましょう」

「フフ！　そうこなくては！」

ディアはパアア、と最高の笑顔を見せ、僕の腕を引っ張って執務室の外へと連れ出す。

おそらく、休憩のための準備を整えてあったんだろう。

ということで。

「ふわあああ……これはまた綺麗ですね……！」

やってきた宮殿内にある庭園を見て、僕は感嘆の声を漏らした。

ここに来てからもう数か月経ったけど、こんなところがあったなんて知らなかった。

「フフ、でしょう？　この花はサヴァルタ公国でもこの時期にしか咲いていない、〝ヴァルコ〟という花なの……」

微笑みながらそう説明するディア。

だけどその真紅の瞳は、僕にはどこか寂しげに見えた。

「……亡くなったお母様が、大好きだった花なの」

「あ……」

そうか……この時期のこの庭園、この花は、ディアにとって大切な思い出の場所なんだ……。

「だからね？　私の一番大切なあなたにも、この花を見てほしかったの」

「ディア……」

「フフ！　そんな顔はなしよ！　それより、ヨナスが待ちくたびれてしまうから、早く行きましょう！」

「は、はい」

何かを吹っ切るかのように、ディアは笑顔を見せて、ヨナスさんが待つ庭園にある席へと僕の手を引く。

「ディア……あなたが王位に就いたその時に、改めてこの花に……あなたの母君に報告しましょう」

「うん……」

僕の言葉に、ディアは少しだけ頬を染めながら、静かに頷いた。

◇◆◇◆◇

「あ……このお茶」

ディアと一緒に庭園に設けられた席に座りながら、僕はヨナスさんへと振り返る。

「おや、ひょっとしてお館様……ラウディオ閣下のところで既にお飲みになられましたか？」

「はい。ユリウス殿に淹れていただき、あまりにも鮮やかな香りでしたのですごく印象に残っておりました」

「そうですか。このお茶も、ヴァルコの花同様この時期にしか飲めないものですから」

「へぇー、そうなんですね」

ヨナスさんの説明に僕は頷くと、お茶を口に含む。

うん、美味しい。

「フフ、アルが気に入ってくれて嬉しい……っ!?」

微笑みながらディアがカップを口に近づけた瞬間、彼女はその手を止め、眉根を寄せた。

ああ……彼女がこんな表情を見せる理由なんて、一つしかない。

僕はディアの視線の先へ、ゆっくりと顔を向けると。

「フン」

下卑た笑みを浮かべる取り巻き二人を連れ、エルヴィ公子がこちらを見ながら鼻を鳴らしていた。

「あら……もうすぐメルヴレイ帝国の使節団がやってくるというのに、こんなところで油を売って暇なのかしら？」

ディアが小馬鹿にするようにクスクスと嗤いながら、思いきり皮肉を告げる。

そんな彼女の精一杯の強がりに、僕はどうしても心が痛くなってしまった。

「何もすることがないあなたと違い、エルヴィ殿下は朝早くから奔走しておられるというのに……」

「いやはや、これで同じ公王陛下の血を引いておられるとは、到底思えませんな……」

取り巻き二人が、まるで残念なものでも見るかのような視線を向けながら、肩を竦めてかぶりを振る。

……この連中が政務を執り行わないせいで、ディアが日々苦労をしているというのに、なんという言い草だ。

「まあまあ、そう言うな。姉上に任せては、帝国の使節団も不快に思われてしまうだろうから、あえてこの僕が迎え入れる準備をしているのだぞ？」

「ハハハ！　そうでしたな！」

取り巻きの筆頭、ヨキレフト侯爵がエルヴィ公子の言葉に大声で笑いながら応える。

このどうしようもない茶番劇、見ていて不快でしかない。

だけど。

「フフ……ッ」

「はは……っ」

僕とディアは、思わず吹き出しそうになった。

見ると、ヨナスさんも口の端を僅かに持ち上げている。

何故かって？　そんなの決まっている。

だって、エルヴィ公子と取り巻き達は、三日後には全てを失うのだから。

「……何がおかしい」

そんな僕達の笑いを堪える姿に気づいたエルヴィ公子が、顔を歪めながらそう言い放つ。

でも、僕もディアも彼に答えることなく、ただ肩を震わせた。

「ハハハ！　どうやらリューディア殿下は、気でも狂《ふ》れたのではないですかな？　帝国の使節団が到着すれば、いよいよ全てが決まりますからな！」

「なるほど……そういうことか」

ヨキレフト侯爵が豪快に笑いながらそう告げると、エルヴィ公子は納得の表情を浮かべて頷く。

へえ……向こうも向こうで、今回のことを王位継承の試金石《しきんせき》と捉えているってわけか。

だけど……残念だったな。

オマエ達が望んでいる未来は、絶対にやってこない。

何故なら。


――僕とディアが、全てを決めるから。

◇◆◇◆◇

「いよいよ明日、か……」

メルヴレイ帝国の使節団がライオラの街に到着してから、ちょうど三日目の夜。

僕は先日ディアに連れてきてもらったヴィオラの花の咲く庭園で、ベンチに座りながら皓々と輝く満月を眺めていた。

伝令の報告によれば、将軍と使節団は公都近くの街、カルミナに到着しており、今夜はそこで宿泊するとのこと。

なお、ここまでの道中では、僕達の思惑どおり帝国の使節団は民衆達から白い目を向けられ、かなり剣呑とした雰囲気だったようだ。

一方で、パッカネンによる一連の事件において公国の不正を糾したロイカンネン将軍は、立ち寄ったどの街でも英雄として喝采を浴びたとのこと。

はは……使節団としては、かなり気分を害しただろうな。

だが、それでこそこの後の交渉がうまく進むというもの。

この状況が帝国にとって……いや、モルガン皇子にとって有利に働くと考えるだろうからね。

「さて……そろそろ……って」

「アル……」

立ち上がって移動しようとしたところで、ディアが庭園にやってきた。

「ディア……」

「フフ……アル、まさかこれを持たずに行くつもりだったのかしら？」

クスクスと笑いながら、ディアが右手で掲げたもの。

それは……顔の上半分を覆い隠す、漆黒の仮面だった。

「本当はもっと派手なものでもいいかと思ったのだけど、あなたの綺麗な黒髪と黒い瞳に合わせたほうが、その……素敵かと思って……」

そう言って、ディアは恥ずかしそうに仮面を僕に手渡してくれた。

「ありがとうございます。これがあれば、正体を悟られずに済みます」

仮面を受け取ってお礼を言うと、僕は早速仮面を装着してみる。

うん、視界が遮られることもないし、サイズもピッタリだ。

「アル……とても似合っているわ。でも、だからって無茶しては駄目よ？」

そう言うと、ディアは心配そうな表情を浮かべながら、そっと僕の胸に手を当てた。

「あはは、大丈夫ですよ。将軍閣下もいらっしゃいますし、なんの心配もいりません。あなたはただ、明日を迎えるだけです。それより」

僕は彼女の耳元に顔を寄せると。

「……明後日に公都の中央広場で行われる公式会談は、あなたの晴れの舞台です。僕は、その時を心より楽しみにしています」

「フフ……ええ、楽しみにしていて。絶対に、あなたを見惚れさせてあげるんだから……だから……っ！」

涙を零しながら、ディアが僕の胸に縋りついた。

「絶対に……私のところに帰ってきて……！　私を独りぼっちにしないで……！」

「ディア……もちろんです。僕はあなたを、独りになんて絶対にしませんから……」

僕は肩を震わせる彼女を抱きしめ、優しく背中を撫でた。

◇◆◇◆◇

「……アルカン様、お待ちしておりました」

日付も変わり皆が寝静まる深夜、ロイカンネン将軍が恭しく一礼をして僕を出迎える。

「ありがとうございます。こんな深夜まで、本当に申し訳ありません」

「……いえ、何も問題ございません。それよりも、アルカン様こそお疲れではありませんか？」

「あはは、僕なら大丈夫です。ところで、例の者は……？」

「……はい。明日に備え、早くに就寝しているようです」

「そうですか……では、早速行きましょうか」

「……はい」

僕はロイカンネン将軍に案内してもらい、例の者のいる宿屋の部屋へと向かう。

「……こちらの三階です」

「ありがとうございます。それで、向こうの護衛は？」

「……ご安心ください。既に眠ってもらっています」

そう言うと、ロイカンネン将軍は表情を変えないものの、そのサファイアの瞳を輝かせる。

どうやら、僕に褒めてほしいみたいだ。

「さすがは将軍閣下、全て手筈どおりです。あなたこそが、僕達を勝利へと導いてくださいます」

「……っ！　ありがとうございます！」

ロイカンネン将軍が顔を上気させ、何度も頭を下げる。

あ、あはは……表情の変化が乏しい分、態度や仕草といった、体を使った感情表現がものすごく分かりやすいな……。

「では、お会いするとしましょう」

僕はカバンの中から、ディアからいただいた漆黒の仮面を取り出し、それを装着した。

「……アルカン様、とてもよくお似合いです！」

「あ、あはは……ありがとうございます……」

鼻息荒く身を乗り出して賛辞をくれるロイカンネン将軍に、僕は思わず身を引いて苦笑する。

ぼ、僕を参謀として慕ってくれるのはいいけど、その……将軍はとても綺麗な女性《ひと》だから、つい恥ずかしくなってしまうなあ……。

「コホン……では」

咳払いをして気持ちを切り替え、僕は扉をノックする。

「……何用だ」

若い男の声が、扉の向こうから返ってきた。

聞き覚えのない声。

だけど、幼い頃の記憶が、僕のよく知っている者であるとささやいている。

そう……この声の持ち主。

それは。

――メルヴレイ帝国第二皇子、モルガン＝デュ＝メルヴレイの声だ。

「ハア……ハア……ッ！」

その声を聞いた途端、僕の息が乱れ、胸が張り裂けそうになる。

モルガン皇子への憎しみで、悔しさで。

それと同時に、あの時の……毒による苦しみの記憶が呼び起こされ、僕は思わず服の上から胸を掻きむしった。

「……っ!?　ア、アルカン様、大丈夫ですか!?」

そんな姿を見たロイカンネン将軍が、滅多に変えることのないその綺麗な顔を憂わしげな表情に変え、僕の顔……漆黒の仮面からのぞく黒い瞳を見つめていた。

は、はは……僕がしっかりしないと……この策を成功させないといけないのに、この場面で将軍を心配させてどうするんだよ……。

「あはは……しょ、将軍閣下……大丈夫、大丈夫ですから……」

僕は無理やり笑いながら、ロイカンネン将軍にそう告げる。

まるで、僕自身に言い聞かせるように。

「……で、ですが……」

「すう……はあ……本当に、ご心配には及びません。必ず、僕の役目を果たしてみせますから」

深呼吸を繰り返したことで落ち着きを取り戻し、できる限り穏やかな口調でそう話した。

ロイカンネン将軍は何か言いたそうにしているが、その気持ちを抑え、僕からそっと離れる。

すると。

「何用だと聞いている！　早く答えないか！」

扉の向こうで、モルガン皇子が叫んだ。

「将軍閣下……」

「……（コクリ）」

僕が目配せをすると、ロイカンネン将軍が誰も来させないよう階段前で仁王立ちする。

これで、邪魔も入らない。

「失礼いたします。僕はリューディア殿下の配下の一人、アルカン＝クヌートと申します。殿下の使いとして、モルガン殿下に是非ともお目通りいただきたく……」

「………………」

扉越しにそう告げるが、モルガン皇子から返事がない。

なら、少し釣り出してみるか。

「……モルガン殿下にとって悪くないご提案を差し上げたく。特に、殿下のメルヴレイ帝国における未来に関わることでございます」

「っ⁉」

ドアの向こうから、モルガン皇子が息を呑む音が聞こえた。

どうやら反応あり、だな。

そのまま、時間にして一、二分が過ぎると。

「……入れ」

「失礼いたします」

ようやく許しを得た僕は、ゆっくりと扉を開けて部屋の中に入る。

そこでは、全身裸でベッドに腰掛ける若い男……モルガン皇子が、まるで蛇が獲物を睨むような視線をこちらへと向けていた。

「フン。サヴァルタ公国の者というのは、目上の者と面会をする時は仮面を被る習慣でもあるのか？」

「申し訳ございません。何分、幼い頃にやけどを負い、見苦しい顔をしておりますので、何卒ご容赦ください」

モルガン皇子の皮肉を無視するかのように、僕はそう説明して恭しく一礼した。

「まあいい。それで、リューディアの使いと言ったな。あの女の提案というのは、一体何だ？」

早く用件を済ませろとばかりに、尊大な態度で振る舞うモルガン皇子。

それ以上に、第一公女であるディアを、その部下を前にして呼び捨てにするなんて……はは、子どもの頃からその性格が変わっていないようで、安心したよ。

その時が来たら、遠慮なく絶望の底に叩き落としてやる。

「はい。これにございます」

「ほう……これは……」

この時のためにあらかじめ用意した書類を手渡すと、モルガン皇子は目を見開いた。

内容は、パッカネンの事件で明らかとなった、人身売買の取引を行っていたメルヴレイ帝国の顧客リストだ。

「既にお聞き及びかもしれませんが、先般まで、公国の貴族の一人が公国で違法とされている人身売買を行っておりました。その取引先として、人身売買が禁止されているはずのメルヴレイ帝国の方々がいらっしゃいましたので」

努めて抑揚のない声で、僕はモルガン皇子に説明した。

その時。

「つまりあの女……リューディアは、帝国を脅そうとでも考えているのか？」

ベッドに忍ばせてあった剣を取り、モルガン皇子はその切っ先を僕の喉笛へと突きつけた。

「答えよ」

剣を数ミリ押し込まれ、僕の喉から血が流れる。

「まさか。そのような考えでしたら、最初からこのリストをお見せしておりません」

「なら、何が目的だ」

「……聞くところによりますと、帝国内ではまだ皇帝陛下の後継者が定まっておられないとか。なら、これはまたとない機会だと思いませんか？」

　仮面越しに冷たい視線を向けながら、僕は淡々と答えた。

「……どういう意味だ」

「ご覧いただけたのでお分かりかと思いますが、そのリストに載っている名前……メルヴレイ帝国の貴族が、かなりおられます」

「……………………」

「もし、第一皇子……マクシム殿下を支持する貴族ばかりが白日の下に晒された場合、どうなりますでしょうか？」

　そう……これは、マクシム皇子と後継者争いをしているモルガン皇子にとっては、願ってもない武器になる。

　このリストから第一皇子派の貴族のみを晒して糾弾すれば、確実に向こうを弱体化させることができるのだから。

　それに、リストに載る者のうち特に有力な貴族については、これを元に便宜を図ることを約束させ、味方に引き入れることも可能となる。

　モルガン皇子にとって、決して悪い話ではないはずだ。

「……貴様、どうしてこのような話を持ち掛けた。何が目的だ」

「簡単です。このサヴァルタ公国……いえ、リューディア殿下も、同じような悩みを抱えておりますので」

「なるほど……つまり貴様等は、リューディアが王位に就くことをこの私に後押ししろ、そう言いたいわけか」

「ご慧眼、お見それいたします」

僕は突きつけられている剣の刃を右手でそっと横へずらし、深々と頭を下げた。

「だが、私はあくまでも使節団としてサヴァルタ公国との親善にやってきただけだ。貴様等の王位継承争いなど、この私に関与する権限はない」

「もちろん、それは存じております。ですが、帝国にお戻りになられた後、皇帝陛下にご報告いただくことは可能です。『エルヴィ公子とその一派が、帝国内の貴族をたぶらかして違法行為を繰り返していた』、と」

この言葉でようやく理解したのか、モルガン皇子は納得の表情で頷く。

「貴様の言いたいことは分かった。確かに帝国の未来を担う者としては、このような不祥事を捨て置くことはできんな」

「はい、誠におっしゃるとおりです。ついては、明後日……いえ、日付も変わりましたので明日でしょうか。その日に行われる公式会談の場においては、どうぞよろしくお願いいたします」

「うむ」

「それと、このことはその時までどうかご内密に。モルガン殿下の周りにも、快く思わない輩がいないとも限りませんので」

「ハハハ、それは分かっているさ」

僕が人差し指で口を塞ぐ仕草をすると、気を良くしたモルガン皇子が笑顔を見せた。

「それでは明日のために、このリストにある者のうち、マクシム殿下に与する貴族、それとモルガン殿下を支えておられる貴族について、教えていただけませんでしょうか」

「ああ」

それからモルガン皇子に、リストにある貴族で誰がどの派閥に属しているのかを教えてもらい、僕はリストの副本に書き込んだ。

だけど……はは、さすがはラ・ウ・デ・ィ・オ・侯爵だな。事前にもらっていた情報と完全一致だ。

「ありがとうございます。これで万全を期することができます。明日はどうぞお任せください」

「うむ」

僕の言葉に、モルガン皇子が満足げに頷いた。

「では、これで失礼します」

「ああ……リューディア、それに貴様とは、これからもうまくやっていけそうだ」

「それは何よりです」

扉の前で最後に一礼をして、僕は寝室を出た。

「……アルカン様、いかがでしたか？」

階段の前で腕組みしながら立っていたロイカンネン将軍だったが、扉が開く音を聞いたからだろう。すぐに僕の傍へと駆け寄ってきた。

「はい、交渉は上手くいきました。明日の公式会談の場で、メルヴレイ帝国の第一皇子派の貴族に加え、エルヴィ公子達を糾弾することで合意しています」

「……っ！　さすがはアルカン様です……っ⁉」

僕の手を取り、全力で褒め称えようとしたロイカンネン将軍だったが、急に目を見開いた。

「……アルカン様、その首の傷はどうされたのですか⁉」

「え？　……ああ、これですか。モルガン皇子が、脅しをかけた時につけられたものです。血も止まっていますし、大丈夫……っ⁉」

そう言って安心させようとしたが、それよりも先に将軍が怒りの形相を見せながら、モルガン皇子の寝室へ向けて殺気を放った。

「しょ、将軍閣下、僕なら問題ありません！　ですので、どうかここは堪えてください！」

「……っ！　で、ですが、あの男はアルカン様を傷つけたのですよ！」

「それでもです！　今しなければならないことは、怒りに任せて全てを台無しにすることではありません！　モルガン皇子とひとまず手を握り、リューディア殿下を公女王とすることです！」

「……っ。分かり、ました……」

ようやく矛を収め、ロイカンネン将軍は元の抑揚のない表情に戻るが、腕組みしながら指をせわしなく動かしていることからも、到底納得はしていないのだろう。

……いや、そもそも親の仇であるメルヴレイ帝国の第二皇子と手を結ぼうというのだ。納得できるはずがない。

もちろんそれは、ディアも、この僕も同じだ。

だけど。

「将軍閣下……今はまだ、機が熟すまで待つべき時なんです。いずれ……いずれその時が来たら、今日の分も含めてまとめてお返ししてやりましょう」

「……はい！　必ず……っ！」

ロイカンネン将軍はギリ、と歯噛みし、力強く頷いた。

そして。

「それでは公都で、将軍閣下のお帰りをお待ちしています」

その後の段取りを含め詳細を詰めた後、僕は馬車の御者席に座りながら、ロイカンネン将軍に挨拶をした。

「……はい！　では、公都で！」

敬礼をする彼女に見送られ、僕は馬車を走らせる。

このままのペースで行けば、早朝には公都に到着するだろう。

だけど。

「……これで、策は成った」

僕は公都へと続く街道を見据えながら、ポツリ、と呟く。

ロイカンネン将軍とラウディオ侯爵をこちらの陣営へと引き入れ、パッカネン……いや、エルヴィ公子派の連中の不正を暴き、それを糺すことで将軍を英雄へと引き上げた。

そして、マクシム皇子とモルガン皇子との確執を利用して、王位継承争いにおいてこちらに便宜を図るように仕向けることにも成功した。

ここまでくれば、ディアが公女王となることが認められるのは確実だろう。

「さあ、早く僕の主君のもとへと帰ろう」

おそらくディアのことだから、僕が帰るまで寝ずに待っているに違いない。

あはは……ディアは、部下思いの優しい女性《ひと》だから……。

そんな彼女も、これから公女王になる者として、サヴァルタ公国を支えていくことになる。

その時は周辺諸国の王族の誰かが、ディアの隣にいることになるだろう。

メルヴレイ帝国打倒のためには、そうやって他国と手を結ぶのが最も近道だから……。

チクリ、と痛む胸を押さえ、僕は公都へと急いだ。

◇◆◇◆◇

「やっと帰ってこられたな」

東の空が白んできた頃、ようやく目の前に公都を囲む防壁が現れ、安堵から呟きが零《こぼ》れた。

公都に到着したら、すぐにロイカンネン将軍とメルヴレイ帝国の使節団を迎え入れるための……最後の仕上げを行うための支度をしないと。

そう考えながら、僕が門をくぐって公都へと入り、宮殿へと戻ると。

「っ！　アル！」

あはは……やっぱりディアが、宮殿の玄関前で待っているし。

それも、視界に入った直後はしおれていた花のようだった表情を、まるで咲き誇る向日葵のような笑顔に変えて。

「ディア……ただいま戻りました」

「ええ……ええ……っ！」

御者席から降りた途端、ディアが僕の胸に飛び込み、頬ずりをする。

そんな彼女の太陽の日差しのように優しい匂いを、温もりを、僕は思う存分堪能した。

「モルガン皇子は、僕の提案に応じました。今日の公式会談の場において、うまく取り計らうことでしょう」

「そう……」

交渉の成果を手短に報告するが、ディアは興味がないとばかりに胸に顔を埋める。

……両親である先代公王と公妃の仇なんだ。あの連中の話なんて、面白いはずがない。

そう、思ったんだけど。

「……そんなことはどうでもいいの。私はただ、あなたが無事に私のもとに帰ってきてくれたことが、何よりも嬉しいわ……っ⁉」

そう言って僕の胸の中から顔をのぞかせるディアだったが、突然、その顔色を変えた。

「ディア？　どうかなさいましたか？」

「どうかじゃないわ!?　その首の傷、どうしたのよ!?」

一転して泣きそうな表情を浮かべたディアが、首の傷を見つめながら僕を問い詰める。

ああ……ロイカンネン将軍の時もそうだったんだから、ディアがこんな反応をすることは分かっていたのに、傷を隠しておくことを忘れていた……。

「あ、あはは……これでしたら大丈夫です。既に血も止まっていますので……」

「あの男が……モルガン皇子がやったのね……っ！」

普段は舐められないようにするために尊大で余裕な態度を見せるディアが、怒りの形相を浮かべながら歯噛みした。

それこそ、同じくロイカンネン将軍がモルガン皇子に対して見せたあの表情に負けないほどに。

「ディア、落ち着いてください。あなたは今日の公式会談で、あのエルヴィ殿下とその一派を一掃しなければならないんです。冷静さを欠いては、ことを仕損じます」

「だ、だけど！　あなたが……あなたが……っ！」

首の傷を細く白い指で触れながら、ディアはその真紅の瞳から涙を零してくれた。

こんな、僕なんかのために。

「ありがとう、ございます……本当に、僕は大丈夫ですから。あなたのその気持ちだけで、こんな傷なんかすぐに治ってしまいますよ」

「もう……っ」

納得のいかないディアを抱きしめ、僕は彼女の背中を優しく撫でた。

◇◆◇◆◇

「……ということですので、どうかよろしくお願いします」

今日の公式会談の場における振る舞い方についてディアに説明し、僕は深々と頭を下げた。

「ええ、任せて……といっても、いつもどおり、ただ尊大に、傲慢に振る舞いながら糾弾すればいいのでしょう？　フフ……だったら慣れているわ」

そう言って、ディアは口元に手を当てながらクスクスと笑う。

もちろん、そんなふりをすることには慣れているのかもしれないけど、本当のディアは優しく素直な女性《ひと》だから、こうやって演技をさせなければいけないことに、僕としては心苦しさを覚えた……って。

「もう……そんな顔をしないで。これは、私のためにすることよ？」

少し困った表情を浮かべながら、ディアが僕の顔をのぞき込む。

……僕はまた、顔に出てしまっていたか。

「すいません……ですが、こんなに簡単に考えを読まれてしまうのであれば、常に仮面を被ったほうがいいかもしれませんね」

仮面を手に取り、僕は肩を竦めながらおどけてみせた。

「フフ！　それもいいけど、私としては、その……アルの素敵な顔が隠れてしまうのは、もったいないと思うわ」

その白い頬を赤く染めながら上目遣いでそう話すディアに、僕も思わず照れてしまう。

自分の容姿についてはよく分からないけど、ディアがそう言うのなら、その……そういうこと、なのかなあ……。

「これは、リューディア殿下もロイカンネン閣下も、どちらも大変そうでございますな」

澄ました表情でそう呟くヨナスさんに、僕は首を傾げる。

どうしてディアが大変なんだ？　しかも、何故ロイカンネン将軍がここで出てくるんだろう……。

「……殿下、心中お察しします」

「ええ……本当に」

「？」

肩を落とした二人に残念なものでも見るかのような視線を向けられ、僕はますます首を傾げた。

「そ、それで話は戻しますが、ラウディオ閣下のほうはいかがですか？」

僕にとってあまりにも空気が悪いので、話を変えようとヨナスさんにそう尋ねる。

「はい。お館様からは、『貴族への根回し、そして、例のことも全て終わった』とのお言葉をいただいております」

「そうですか」

ラウディオ侯爵のことだから心配はしていなかったけど、それでも、僕は胸を撫で下ろした。

「それと」

「……それと？」

『明日のその時を、向こう側で楽しみにしている』とのことです」

急に話を続けたのでおずおずと尋ねると、ヨナスさんからそんな言葉が返ってきた。

だから。

「プ……」

「フフ……」

「「あはははははははは！」」

僕とディアは、思わず大声で笑ってしまった。

うん……僕達の雰囲気は最高。あとはその時を待つだけだ。

「リューディア殿下」

「フフ……ええ！　明日で、公国内の全てに決着をつけるわ！」

「はい！」

不敵に笑うディアに、僕は笑顔で頷いた。

その時。

――コン、コン。

「失礼します！　メルヴレイ帝国の使節団及びロイカンネン将軍麾下三千が、無事に公都へと入られました！」

執務室に入ってきたロイカンネン将軍の部下である衛兵が、使節団到着の報を告げた。

「分かったわ。行きましょう、アル」

「はい」

僕は漆黒の仮面を被ると、ディアが差し出す右手を取り、宮殿の玄関へと向かった。

◇◆◇◆◇

「貴様のような者が、何故ここにいるのだ！　弁えよ！」

「しかもなんだ、その仮面は！　ふざけているのか！」

既に玄関で使節団を待ち構える準備を整えていたエルヴィ公子とその取り巻き達。

いつもどおりヨキレフト侯爵達が僕を見るなり、大声で怒鳴り散らした。

「ええい！　即刻こやつをどこかへやれ！」

「「「「…………………………」」」」

ヨキレフト侯爵はそう指示するが、居並ぶ衛兵達は顔を見合わせるばかりで、一向に僕を排除しようとしない。

当然だ。この衛兵達は、全てロイカンネン将軍の部下なのだから。

「リューディア殿下！　あなたも何を考えておられるのですか！　このような野良犬を捨て置いては、サヴァルタ公国の品位を落としかねませんぞ！」

言うことを聞かない衛兵を見かねたヨキレフト侯爵は、矛先を変えてディアに文句をつける。

だけど、ディアはそんな怒鳴り声もどこ吹く風。澄ました表情で宮殿の門を見据えていた。

「ヨキレフト、まあよい。所詮、姉上は飾り以下でしかないのだ、これくらいの我儘は許してやれ」

「で、ですが……」

「ハハ、むしろこんなペットを飼って満足している姉上を見て、帝国も我々に同情してくださるというものだ」

「なるほど！　確かにそうでございますな！」

エルヴィ公子がそう言ってたしなめると、打って変わってヨキレフト侯爵は同調して破顔する。

まあ、精々そうやって今を楽しんでいるがいい。

明日になれば、その顔を絶望に変えることになるのだから。

「フフ……アル、仮面越しでも隠せてないわよ？」

「リューディア殿下」

クスクスと笑いながら、ディアが自分の口の端を人差し指で押さえた。

どうやら仮面を被っていても、彼女には全てお見通しらしい。

あはは……これはこれで、やりづらいなあ……。

だって、僕のこの奥底にある想いすらも、ディアには見透かされていそうで……。

そんなことを考えていると、南の方角から楽器の音色と地響きのような足音が近づいてくる。

そして。

「……モルガン第二皇子殿下及びメルヴレイ帝国使節団の皆様を、無事ご案内いたしました！」

一団の先頭を進んできたロイカンネン将軍が、宮殿の門前にて下馬し、敬礼した。

「ご苦労様」

「ご苦労」

そんな将軍に、ディアとエルヴィ公子が同時に労いの言葉をかけた。

つまり、こんなところから主導権争いが始まっているのだ。

公国の武、〝白銀の戦姫〟を従えているのは誰なのかを知らしめるために。

そして、公国のトップが誰であるのかを知らしめるために。

もちろんロイカンネン将軍はディア側なんだけど、それを易々と受け入れるほど、エルヴィ公子達も馬鹿ではない。

こうやって同時に労いの言葉をかけるだけでも、何も知らない帝国側は都合のいいように受け止めるからね。

そんな中、使節団の中から一人の男が騎乗したままこちらへとやってくる。

「出迎えご苦労」

「「ようこそお越しくださいました、モルガン殿下」」

ディアが優雅にカーテシーをし、エルヴィ公子が左腕を前に出してお辞儀をする。

まるで、臣下の礼を取るかのように。

「うむ。既に聞き及んでいるとおり、私達はサヴァルタ公国との親善のために来た。これから三日間、よろしく頼む」

「「はい」」

それだけを告げると、モルガン皇子は使節団に目配せした。

使節団は、こちらがわざわざ用意してあったレッドカーペットの上に、まるで自分達の力を誇示するかのように別のカーペットを敷き始める。

メルヴレイ帝国の王族の証である瞳と同じ色の、琥珀色のカーペットを。

その様子を、僕達はただ見つめていることしかできなかった。

それは、あのエルヴィ公子も。

……元々エルヴィ公子側は、メルヴレイ帝国に対して恭順を示そうと考えていたんだ。特に思うところもない、か。

この様子をさも当たり前のように眺めているエルヴィ公子やヨキレフト侯爵達取り巻きを見て、ただかぶりを振った。

◇◆◇◆◇

「モルガン殿下。今宵は是非、楽しんでください」

夜になり、メルヴレイ帝国の使節団を歓迎する宴が、エルヴィ公子の言葉によって始まる。

貴族達……特にエルヴィ公子派は、早速使節団の面々へと声を掛けに行った。

ラウディオ侯爵の根回しによってその大半がこちら側に回ることになっているが、エルヴィ公子も帝国の後ろ盾を持っている。まだどちらにつくか、本心では天秤にかけているのだろう。

まあ、そんなものは明日になれば全て決まる。

僕はただ、そんな貴族連中の中で今後信用に足る者が誰なのか、この晩餐会において品定めをしておくだけだ。

グラスを傾け、果実水を口に含みながらそう考えていると。

「リューディア殿下のペットの分際でそのような格好をしてここにいるとは、いい身分だな」

聞こえてきたそんな痛烈な皮肉に、僕が振り返ると。

「クク……このようなところにいて、主人のもとにいなくてもよいのか？」

現れたのは、口の端を持ち上げるラウディオ侯爵だった。

彼は僕達側とはいえ、形式上はエルヴィ公子側の領袖。衆目があるこの場では、あくまでも僕達とは敵同士なのだと示さねばならない。

「……リューディア殿下は、第一公女としてお忙しい身ですので」

僕はチラリ、とエルヴィ公子に負けじとモルガン皇子の接待に勤しむディアを見やり、肩を竦めてみせた。

「クク、そうか。だが、あのモルガン殿下の和やかな様子を見る限りは、全て順調に進んでいるように見えるな。もちろん、我々にとって」

「…………………………」

くつくつと嗤いながら告げるラウディオ侯爵を、僕は仮面越しに無言で見つめる。

もちろん、順調というのは僕達が、ということだ。

するとー。

「ハハハ！　ラウディオ卿、この輩が目障りであれば、すぐに追い出しましょうぞ！」

酒が入って上機嫌のヨキレフト侯爵が、ワイングラスを持ちながら呼ばれもしないのにやってきた。

多分、モルガン皇子とエルヴィ公子、そしてディアの間に割って入ることができないため、こうして油を売っているのだろう。

「なに、構わん。所詮はこやつも、明日までだろうしな」

「本当ですな！　いやあ、これでリューディア殿下も身の程を弁えて、せめてメルヴレイ帝国との関係構築程度には役立ってもらいませんと！　そして主人を失った貴様は、野良犬らしく野垂れ死にするがいい！」

僕を指差しながら、場も弁えずにそう言い放つヨキレフト侯爵。

この時ほど、僕は仮面を被っていてよかったと思うことはない。

今の僕の顔は、ディアを侮辱したことに対する怒りで顔を歪めているだろうから。

「……このような場での今の発言、聞き捨てなりませんね」

「っ!?　こ、これはこれは、ロイカンネン将軍……」

いつの間にか現れたロイカンネン将軍の底冷えするような声に、ヨキレフト侯爵は思わず声を震わせながら愛想笑いを浮かべた。

「……アルカン様。この会場の空気を乱す害虫を、排除してもよろしいでしょうか？」

「お、お待ちくだされ！　わ、私は別に……っ！」

必死に取り繕おうとするヨキレフト侯爵。

そんな彼を無視し、欠片も笑っていないサファイアの瞳で僕を見つめながら、ロイカンネン将軍が尋ねる。

僕としても即刻排除したいところだが、そんな真似をして将軍の名を傷つけるわけにはいかない。

名ばかりとはいえ、一応この男も外務大臣だからね……。

さてどうしようかと考えている、その時。

ホール内に、楽団の演奏により音楽が鳴り響いた。

「クク……モルガン殿下は、リューディア殿下と踊るようだな」

手を取りながらホールの中央へと向かう二人を、ラウディオ侯爵が嗤いながら指差した。

もちろん、僕達とヨキレフト侯爵にある空気を変えるために話題を振ったのだろうけど、僕は逆に心をざわつかせる。

「……少々失礼します」

「……あっ、アルカン様……」

手を伸ばすロイカンネン将軍を無視し、僕は足早にその場から離れた。

◇◆◇◆◇

「ハア……」

ベランダに出て、僕は夜空を眺めながら溜息を吐く。

モルガン皇子はメルヴレイ帝国の第二皇子であり、使節団の長。そして、今夜の晩餐会の主役だ。

だから、主催者であるサヴァルタ公国の第一公女であるディアが、あの男のダンスの相手をするのは当然のこと。

そんなことは、もちろんよく理解している。

だけど。

「……よりによってあの男とダンスなんて」

いや、ダンスを踊るどころかディアに触れるというだけでも、思わず胸を掻きむしりたくなる。

復讐対象であるモルガン皇子だから、というのもあるが……。

「はは……今からこんな調子でどうするんだよ」

独り言ちて、僕は苦笑した。

そう……これから先、メルヴレイ帝国打倒のために、サヴァルタ公国は他国と手を結ばなければならない。

その場合、最も手っ取り早いのがディアと他国の王族との政略結婚。

いずれ、そんな未来がやってくることは間違いないんだ。

だから……僕は、その時に備えないといけないというのに……。

「嫌、だ……」

僕は静かに……声にならない声で、本音を吐露する。

こんな僕なんかが……〝厄災の皇子〟なんかが、太陽のような彼女と釣り合うはずがないのに。

「すう……はあ……」

気持ちを整理するため……自分の胸の中で暴れる、嫉妬と呼ばれる感情を押し殺すため、僕は深呼吸を繰り返す。

「あら、こんなところにいたのね」

「え……？」

突然、後ろから聞こえた声に、僕は勢いよく振り返る。

そこには。

「フフ……会場を見回してもいなかったから、結構探し回ったのよ？」

そう言ってクスリ、と笑う、ディアがいた。

「あ……ディ、ディア、こんなところにいて大丈夫なんですか？　あなたは今、モルガン皇子のお相手をしないと……」

僕は嬉しい気持ちを抑えながら、おずおずと尋ねた。

「まさか。ダンスの相手をしただけでも、十分すぎるわよ。アルも、私がどれだけ我慢していたか分かっているの？」

「そ、それは……」

その綺麗な顔をずい、と近付けるディアに、僕はしどろもどろになる。

眉根を寄せたその表情に、というのもあるけれど、それ以上にディアの顔が魅力的で……。

「だからアル、あなたは私の参謀様なのだから、ちゃんと私の心のケアもしてちょうだい」

「ええ、と……それは、どうすれば……？」

本当にどうしていいか分からず、僕が目を泳がせていると。

「フフ、決まっているわ。口直しとして、私と踊って」

口の端を持ち上げながらそう言うと、ディアはおもむろに純白の手袋を脱ぎ捨てた。

だけど。

「ど、どうして……？」

「あの男に触れるのは不快だったから、手袋越しでなければ到底無理だけど、その……あ、あなたには直接触れたいもの。そ、それより、私と踊るの？　踊らないの？」

僕の色んな意味を込めた問い掛けに、ディアは白い頬を真っ赤にして答えながら詰め寄った。

「も、もちろん僕も、ディアと踊りたいですよ！　で、でも、ぼ、僕は薄暗い塔の中にずっといたので踊った経験もないですし、塔にあった書物にも、ダンスの解説本はなかったので、その……」

「だ、だったら心配いらないわ！　私があなたをリードしてあげる！」

「あっ」

答えを聞いたディアは、パアア、と笑顔を見せながら嬉しそうに僕の手を取った。

モルガン皇子の時とは違い、彼女は素手で僕の手に触れて。

「ほら、私の動きに合わせて！　一《イクシ》、二《カクシ》、三《コルメ》！　一《イクシ》、二《カクシ》、三《コルメ》！」

「は、はい！　一、二、三、一、二、三……」

彼女のリズムに合わせ、僕は必死でついていく。

「そう、上手よ！　ここでターン！」

ディアが僕の腰に手を回し、僕達は体を旋回させて入れ替えた。

「フフ！　アル！　アル！」

「あはは！　ディア！　ディア！」

僕とディアは、月明かりに照らされながら、心ゆくまでダンスを踊った。

◇◆◇◆◇

「ふあ……」

カーテンの隙間から差し込む太陽の光で目が覚めた僕は、上体を起こして欠伸をする。

今日は、モルガン皇子とディア、それにエルヴィ公子による公式会談が行われる。

ディアの未来を決める、大切な日だ。

「さて……すぐに支度を始めないと」

僕はベッドから起きると、身支度を整える。

最後に、ディアがくれた漆黒の仮面を装着して。

「よし」

独り気合いを入れた僕は、部屋を出て主の部屋へと向かう。

「おはようございます、アルカン様」

部屋の前に立っていたヨナスさんが、恭しく一礼しながら挨拶をした。

「おはようございます。リューディア殿下はまだ支度中ですか？」

「はい、もうすぐおいでになられるかと」

「そうですか」

それから僕とヨナスさんは、部屋の前で談笑する。

「……アルカン様！　おはようございます！」

すると白銀の甲冑を着たロイカンネン将軍が、こちらへと駆け寄ってきた。

「おはようございます、将軍閣下。もう準備は終わったのですか？」

「……はっ！　全て配置についております！」

僕の言葉に、ロイカンネン将軍は敬礼して答えた。

彼女は今日、公式会談が行われる中央広場周辺の警護を任されている。

公式会談の場で何が起こるか分からない以上、公国軍のトップであるロイカンネン将軍が僕達の仲間で本当によかった。

もし彼女がこちら側でなかったら、その時はひとたまりもなく終わってしまっていたのだから。

「みんな、朝から部屋の前で賑やかかね」

「あ……」

扉を開け、微笑みながら現れたディア。

今日の会談に合わせ、彼女は赤と黒を基調としたドレスを身にまとう。

その姿に、その美しさに、僕は思わず見惚れてしまっていた。

「フフ……アル、ボーッとしてどうしたの？」

「え……？　あ、ああいえ、なんでもありません……」

「？　そう？」

クスクスと笑いながら見つめるディアに照れてしまい、僕は思わず顔を伏せてしまった。

そんな僕を見て、ディアも不思議そうな表情を浮かべた。

「殿下、それに皆様、朝食はどうなさいますか？」

「もちろんいただくわ。今日は大事な、決戦の日ですもの」

「はい！」

「……はい！」

ディアの言葉に、僕とロイカンネン将軍も力強く頷く。

そして、僕達は食堂へとやってくると。

「……チッ」

先に来ていたエルヴィ公子と、その取り巻きのヨキレフト侯爵が一緒に朝食を取っており、僕達を見るなりヨキレフト侯爵は忌々しげに舌打ちをした。

「あらあら……エルヴィったら、相変わらず豚の躾がなってないわね」

「っ！　リューディア殿下！」

口の端を吊り上げながら煽るディアに、ヨキレフト侯爵は立ち上がって声を荒らげる。

「アハハ。まあまあ、落ち着くんだヨキレフト。あと数時間もすれば、姉上はこの国を去ることが決まるんだ。せめてそれまでは、大目に見てやろうじゃないか」

「「「っ⁉」」」

「ハハハ！　そうでしたな！」

エルヴィ公子の言葉に僕達は息を呑み、ヨキレフト侯爵は手で額を打ちながら大声で笑う。

だが、エルヴィ公子は何と言った？　ディアがこの国を去る……だって？

「ん？　姉上、何を驚いているのですか？」

「な、何って……今の言葉、どういう意味？　どうして私が、この国を出ることになっているの……？」

「ああ……そういえば言っていませんでしたね。姉上は、モルガン殿下と共にメルヴレイ帝国に行くんですよ。皇帝陛下の妾となるために」

「なんですって⁉」

澄ました表情でとんでもないことを告げたエルヴィ公子に、ディアが大声を上げた。

「アハハ……いえね、昨夜の晩餐会で姉上が席を外されていた時、モルガン殿下からその話をいただいたんですよ。『リューディアなら、申し分ない』と」

チッ……僕とディアがベランダにいた時か……。

「それをあなたは、私がいない間に勝手に受けたというの！」

「当たり前じゃないですか。このサヴァルタ公国は、メルヴレイ帝国の下で成り立っている国ですよ？　皇帝陛下のお言葉に従うのは当然のことです」

「この……っ！」

ギリ、と歯噛みし、ディアが今にもつかみ掛かろうとする。

だけど。

「っ!?　ア、アル!?」

「リューディア殿下、落ち着いてください。そもそも、そのようなことは起こり得ませんから」

ディアの手を取り、僕はかぶりを振りながら静かにそう告げた。

「貴様、ペットの分際で軽々しく申すな。これは決定事項なのだぞ」

「はは、面白いことをおっしゃいますね。そもそも、本当に皇帝陛下がリューディア殿下を妾にとお求めであるならば、そのような晩餐会の場で一介の皇子が告げるのではなく、書簡を携えて正式に申し入れをするはずですよ」

そう……属国とはいえ、ディアはサヴァルタ公国の第一公女。

外交を無視したそんな強引なやり方が外に知れ渡れば、いくら強大なメルヴレイ帝国とはいえ、諸外国からの信用を失ってしまう。

そうなれば、ただでさえ孤立しているこの情勢下で、ますます追い込まれることになるからな。

特に。

「このことを取引先であるモルダキア王国が知ればどうなるでしょうか？　確か帝国は、貴重な鉄鉱資源のほとんどをあの国からの輸入に委ねているのでは？」

「……そ、それは……」

僕がさらに追及すると、エルヴィ公子がヨキレフト侯爵を一瞥してから言い淀む。

その態度を見る限り、どうやらディアを皇帝の妾にと持ち掛けたのはエルヴィ公子で、隣で歯ぎしりするヨキレフト侯爵の入れ知恵のようだな。

……僕はディアを辱めたこの連中を、絶対に許さない。

「ハア……これでは話になりませんね。ならば衆目の集まる今日の公式会談の場で、直接モルガン殿下にお聞きするといたしましょう。本当に、皇帝陛下がリューディア殿下を妾にとおっしゃっているのかを」

「「っ⁉」」

その一言で、エルヴィ公子とヨキレフト侯爵が顔を青ざめさせる。

当然だ。そんな公の場でモルガン皇子を問い質した結果、『エルヴィ公子（又はヨキレフト侯爵）から持ち掛けられたもの』と返されたら、それこそ民衆による暴動が起きかねない。

エルヴィ公子派は、パッカネンの事件で国民の信用を失っているんだ。その行為も、売国行為だと受け止められるだろう。

「そういうことですのでリューディア殿下。今日の会談では、是非モルガン殿下にことの仔細《しさい》を確認することにいたしましょう」

「フフ……アルの言うとおりね」

完全に立場は逆転し、ディアも愉快そうに嗤う。

そしてロイカンネン将軍、そんな興奮した様子で僕を見ないでください……。

「そ、その件については、僕から直々に断りを入れておくから気にしなくていい。ヨキレフト、行くぞ」

「は、はい」

憎悪に満ちた視線で僕を睨みつけながら、エルヴィ公子とヨキレフト侯爵はそそくさと食堂を出ていった。

「はは……リューディア殿下には申し訳ありませんが、本当にエルヴィ公子は残念な方ですね」

食堂の扉を眺め、そう言って僕は肩を竦める。

ヨキレフト侯爵の入れ知恵のようだけど、それを考え無しに嬉々として採用したんだから、とても一国の王の器じゃない。

「ええ……そうね……」

そんな僕の言葉に、ディアは表情に影を落としながら頷く。

姉である彼女としては、そんな弟の姿に思うところがあるんだろう。

だけど。

「リューディア殿下……これは、あなたの未来だけでなく、公国の未来がかかっています。だから……」

「フフ、心配しないで。もちろん分かっているわ」

そう言って、ディアは寂しく微笑んだ。

◇◆◇◆◇

「……行くわよ、アル」

モルガン皇子との公式会談の時間が迫り、僕とディアは馬車へと乗り込む。

「リューディア殿下、アルカン様、吉報を心よりお待ちしております」

「フフ……ええ、楽しみに待っていてね」

そんな僕達を、恭しく一礼しながら見送るヨナスさんに、ディアが笑顔で手を振った。

でも……その真紅の瞳には緊張の色が窺え、彼女の動きもどこかぎこちない。

「ディア……大丈夫です。会談の場では、この僕があなたの傍にいますから」

「うん……」

僕がディアの白く小さな手を取りながら励ますと、彼女は口元を緩め、頷く。

今日の公式会談では、それぞれ補佐をつけることになっている。

ディアだけでなく、モルガン皇子やエルヴィ公子も。

そして、エルヴィ公子にはヨキレフト侯爵と、ラウディオ侯爵の二人が補佐につくことになるだろう。

ヨキレフト侯爵が取るに足らない人物なのは間違いないが、それでも一国の外務大臣を務め、ラウディオ侯爵と並ぶ派閥の領袖の一人。油断はできない。

ラウディオ侯爵は、まさに向こう側から高みの見物、といったところかな。

モルガン皇子については、まあ……心配はいらないと思う。

一昨日の深夜に交渉をしているということもあるが、それ以上にあの皇子の他人を信用せずに全ての者よりも上に立ちたい性格を踏まえれば、自分よりも優秀な者を傍に置くとは考えられない。

僕の知っている、あのモルガンであれば……って。

「ディア?」

「フフ……私よりも、あなたのほうが険しい顔をしているわよ?」

「ええ!?」

クスリ、と笑うディアにそう言われ、僕は思わず自分の顔を触るけど……そもそも僕は仮面を被っているのだから、表情が読めるはずがない。

すぐに彼女を見ると、まるで悪戯が成功した子どものように、ちろ、と楽しそうに舌を出していた。

「フフ! 引っ掛かったわね!」

「あ、あはは、まいったなあ……」

そんなディアに、僕は頭を掻きながら苦笑いするしかなかった。

「見て、アル」

「はい……」

僕とディアは、馬車が進む通りの先を見据える。

そこには……既に多くの民衆がディアを、エルヴィ公子を、そしてモルガン皇子を今か今かと待ち構えていた。

この国の、行く末を見守るために。

「……リューディア殿下、アルカン様、お疲れ様です」

広場前に馬車が到着し、降りるディアと僕を、ロイカンネン将軍が敬礼しながら出迎える。

「ロイカンネン将軍、出迎えご苦労様」

「……はっ！」

そして僕達が壇上へと上がると、既に席に着いていたエルヴィ公子とその後ろに立つヨキレフト侯爵、そしてラウディオ侯爵が、僕達を一瞥した。

ディアもそんな彼等を見やり、そのまま席に着く。

僕は、彼女の後ろに立って控えた。

あとはモルガン皇子を待つだけだが……どうやら、到着したようだ。

楽器を鳴らす音と共に帝国の兵士達が強引に民衆を押し退けて道を作ると、そこに琥珀色のカーペットを敷く。

その上を、笑みを湛えながらゆっくりと歩き、こちらへと向かってくる人物。

モルガン皇子、その人だ。

だが、あの男の後に誰一人としてついてくる者がいない。

思ったとおり、補佐をつけないようだ。

「ハハハ、待たせてしまったようだな」

「いえ」

「我々も、今来たばかりです」

笑顔で話すモルガン皇子に、ディアは表情を崩さず短く会釈し、エルヴィ公子はにこやかな表情を浮かべる。

その時、モルガン皇子がほんの一瞬だけチラリ、と僕へと視線を向けた。

「ところでモルガン殿下、補佐の方は……」

「ん？　別に補佐など必要ないのでな、私一人だ」

「おお……！　さすがでございます！」

おずおずと尋ねるヨキレフト侯爵に、モルガン皇子がぶっきらぼうに答えた。

そんな皇子に、この男は賞賛の言葉を忘れない。

「では、始めるとしようか」

その言葉を皮切りに、いよいよ公式会談がスタートした。

◇◆◇◆◇

「……ふむ、とりあえずはこんなところか」

公式会談が始まって、およそ十五分。

一通り両国関係の確認とモルガン皇子の皮肉を多分に含んだ公国への感謝の言葉を受け、事務的なことはとりあえず互いに話し終えた。

さあ、いよいよだ。

「フフ……ところでモルガン殿下。実は先日、このサヴァルタ公国内で事件があったことをご存知ですか？」

「「っ⁉」」

ディアが口の端を吊り上げながら話を持ち出すと、エルヴィ公子とヨキレフト侯爵が顔色を変え、民衆や警備に当たる兵士達からもどよめきが起こった。

そんな様子を、僕とラウディオ侯爵は静かに見つめている。

「ああ……その話なら聞いている。なんでも、公国の一貴族が、あろうことか数々の不正に手を染めていたとな」

「はい。我が国の〝白銀の戦姫〟、ロイカンネン将軍が取り締まったおかげで、無事に国内のよからぬ連中を一掃することに成功しましたが、連中の取引先を見て驚きました」

「ほう？」

モルガン皇子は、興味深そうに身を乗り出した。

「その取引先というのは……」

「ま、待ってください姉上！　そのような国の恥を公の場で、しかもモルガン皇子に晒すというのですか！」

いよいよ取引先に言及しようとしたところで、エルヴィ公子がその言葉を遮った。

まあ、その取引相手がメルヴレイ帝国の貴族で、パッカネンの陰に隠れてやり取りをしていた者の一人は、エルヴィ公子の後ろに控えているヨキレフト侯爵。

もし、ディアがそれを明らかにしてしまえば、この公式会談そのものを台無しにしかねない内容なんだ。必死に止めるのも当然か。

「あら？　何か問題でも？」

「当然です！　今は大事なモルガン殿下との大切な会談の場、なのにそれを全てぶち壊しにしようとするなんて！」

クスクスと嗤うディアに、エルヴィ公子が声を荒らげる。

だけど……まだまだ立ち回り方や駆け引きというものを分かっていない。

まず、ここはサヴァルタ公国で、聴衆は全てサヴァルタ人。パッカネンの事件については既に周知の事実だ。

加えて、そんなに必死になって止めようとすれば、帝国に対して公国が公然と隠しごとをしていると言っているようなもの。こちらに対する心証を悪くするだけ。

何より……これじゃ、自分が関与していると言っているようなものだぞ。

「……なんだ？　エルヴィ公子……いや、サヴァルタ公国はこの私に……メルヴレイ帝国に対して隠し立てしていることでもあるのか？」

「っ⁉」

ははは、当然こうなるよね。

それが分かっているからこそ、一番困るはずのヨキレフト侯爵も黙っているんだ。

「申し訳ありません。それで、話を続けてもよろしいでしょうか？」

「構わん。続けよ」

「はい……それで取引先なのですが、実はそのお相手というのがあろうことかメルヴレイ帝国の貴族だったのです」

ディアがそう告げた瞬間、この広場の空気が変わった。

特に民衆達の、帝国……モルガン皇子に向ける憎悪の感情が僕達にもひしひしと伝わってくる。

「……そうか」

「はい。モルガン殿下には、是非ともこの貴族の方々を取り締まっていただければと思いまして」

眉根を寄せながらかぶりを振るモルガン皇子に、ディアが静かにそう告げた。

ここまでは、予定どおり。あとは、モルガン皇子が第一皇子派の貴族の粛正とディアと手を結ぶことを宣言すればいい。

それで、一昨夜の取引は完了だ。

「分かった。実はこのことについてはメルヴレイ帝国でも既につかんでおり、帝国に戻り次第に動くつもりだった。だが……我々の情報と少々違うな」

「……と、言いますと？」

筋書きとは違う展開に、ディアが訝しげな表情を浮かべながら尋ねる。

モルガン皇子……これは、どういうつもりだ……？

「うむ。こちらでつかんでいる情報は、リューディア公女が帝国貴族の一部と共謀し、不正行為を働いたというものだ」

「「「「っ!?」」」」

モルガン皇子のありえない発言に、静かに目を瞑るラウディオ侯爵を除いた四人は思わず目を丸くした。

この男、僕との取引で帝国側貴族の情報を得た上で、全て反故にするということか。

「全く……いくらサヴァルタ公国が貧しい国だからとはいえ、不正を働くばかりか帝国まで巻き込むとは。恥を知れ」

鋭い視線をディアに向けながら、そう言い放つモルガン皇子。

だが、そうか……モルガン皇子は、色々と御しやすいエルヴィ公子を選んだんだな。

「……本気でおっしゃっているのですか？」

そんなモルガン皇子に、僕は自分でも驚くほどの低い声で尋ねた。

「貴様！　モルガン殿下に向かって！　口を慎め！」

ここぞとばかりに、ヨキレフト侯爵が大声で僕を責める。

その顔に、到底言葉に表せないほど醜悪で下品な笑みを浮かべながら。

はは、モルガン皇子のおかげで形勢が逆転したんだ、それは嬉しいよな。

とはいえ、公国の英雄としての地位を確立したロイカンネン将軍まで引き合いに出したのは、さすがに悪手だろう。

その証拠に、民衆達はディアに矛先を向けるのではなく、モルガン皇子へと視線を向けている。

「フン、善悪を見誤るとは……やはり、サヴァルタ人共は馬鹿で野蛮であるな」

鼻を鳴らしながらそう言い放つモルガン皇子。

それと同時に、帝国兵達がこの会見場を囲むように動き出した。

すると。

「……アル。あなただけでも、ここからすぐに逃げなさい。あとはこの私が、なんとかしてみせるわ」

そう言って、ニコリ、と微笑むディア。

その真紅の瞳に、死の覚悟を湛えながら。

だから。

「あはは……心配いりませんよ、ディア」

彼女の肩に手を乗せ、僕は静かにそうささやいた。

何故なら。

——これら一連のことは、全て予定どおりだから。

「ハア……残念ですよ、モルガン殿下。まさかあなたが、ここまで愚かだったとは……」

「口を慎め。貴様のような輩が、この私と対等に口が利けると思うな」

白々しくかぶりを振る僕を見やりながら、モルガン皇子はしてやったりといった顔でせせら笑いをする。

……本当に、面白いくらいに踊ってくれた。

「ラウディオ閣下、例のリストは無事に渡っておりますか？」

僕はエルヴィ公子の後ろに控えるラウディオ侯爵に、静かに尋ねる。

エルヴィ公子もヨキレフト侯爵も、モルガン皇子までもが僕とラウディオ侯爵に注目した。

「クク……当然だ。確かにマクシム殿下の部下に渡してある。それも、四日も前にな」

「っ⁉」

口の端を持ち上げながら答えるラウディオ侯爵を見て、モルガン皇子は息を呑んだ。

ははは……そうだよ。

そもそも僕は、貴様と手を組むつもりは……利用するつもりは、さらさらなかった。

僕の目的はエルヴィ公子とヨキレフト侯爵、そして、貴様を潰すことだ。

「アル！」

「はい……内緒にしており、申し訳ありません」

真紅の瞳を輝かせて見つめるディアに、僕は胸に手を当て恭しく一礼した。

そう……この策は、ラウディオ侯爵が僕達の陣営に加わった時から始まっていた。

パッカネンの事件によって、メルヴレイ帝国から何かしらの動きがあることは分かっていたからね。

だから、僕とラウディオ侯爵は一計を案じた。

いずれやってくる帝国との決戦の時を見据え、まずは邪魔になり得る二人の皇子のどちらかを排除しようと。

例の事件を受け、メルヴレイ帝国はこう考えていたはず。

この問題を収束し、帝国の汚名をそそぐためにも、サヴァルタ公国に然るべき使者を立てて事態の収束を図ろう、と。

何せ、帝国はこの公国を自分のものにしたいのだから、支配後の統治において信用は重要になってくるからね。

その結果、派遣されることになったのは第二皇子であるモルガン＝デュ＝メルヴレイだった。

ならば、僕達はもう一人の皇子、マクシム＝デュ＝メルヴレイと手を結ぶまで。

モルガン皇子には手を結ぶと話を持ちかけつつ、その裏では既にマクシム皇子と手を結んでいる。

そもそもモルガン皇子としても、今回の親善のために何かしらの成果を求めていることは分かっていた。

現皇帝であるブレゾール＝デュ＝メルヴレイの、次の皇帝の座を手に入れるためにも。

僕とラウディオ侯爵は、そんな貴様の隙を突いたんだ。

これが仮にマクシム皇子が使者だった場合は、モルガン皇子に事前にリストを手渡していた。

僕達の目的は、あくまでも帝国を混乱に陥れることなのだから。

そして……僕達の策は成った。

「それで、モルガン殿下はどうなさるのですか？　もはや我々サヴァルタ公国との、親善と称した茶番に付き合っている暇はないのでは？」

モルガン皇子を見やりながら、僕は口の端を持ち上げる。

もう、この男に残された選択肢は一つしかない。

「っ！　皆の者！　今すぐ帝国へ戻るぞ！　私は一足先に、ゲートを通って帝国に……」

「おや？　モルガン殿下、一体どのゲートを通るおつもりですか？」

「……っ!?」

叫ぶモルガン皇子に、僕は皮肉を込めてそう告げた。

はは……だから悪手だったんだよ。

英雄である〝白銀の戦姫〟、シルヴァ＝ロイカンネン将軍までをも貶めるような真似をしたのは。

将軍を慕うサヴァルタの民達が、素直にゲートを貸すわけがないだろう。

かといって武力に任せて民達に手を出してしまったら、メルヴレイ帝国からの親善の使者として来た意味すら失い、その時こそ完全に終わってしまう。

まあ、ロイカンネン将軍率いる三千の軍勢が、そんな真似をさせるわけがないけど。

「それで……もう一度お尋ねしますが、どのゲートを通られるのですか？　モルガン殿下」

「……ええい！　急ぎ出立するぞ！」

ギリ、と歯噛みしながら、僕に憎悪の視線を向けるモルガン皇子。

さて……さすがにメルヴレイ帝国の第二皇子にそのままお帰りいただくとあっては、サヴァルタ公国の名折れ。

なので。

「リューディア殿下……」

「フフ……ええ、分かっているわ」

ディアに耳打ちすると、彼女はニタア、と嗤いながら頷いた。

「ロイカンネン将軍、モルガン殿下を丁重にお見送りして頂戴。国境の街、ライオラまで」

「……御意！」

ロイカンネン将軍が一歩前に出て、敬礼した。

それと同時に、公国軍が使節団と帝国兵を取り囲む。

まるで、有無を言わせないとばかりに。

「モルガン殿下、またお会いしましょう。次の機会があれば」

「クッ……失礼する！」

モルガン皇子はサヴァルタの民が見つめる中、壇上から降りて琥珀色のカーペットを全力で駆け抜けていった。

「あはは。ゲートが使えない以上、今からライオラの街を目指しても到着まで三日。そこから帝都に帰ったとして、果たして間に合うかな？」

僕はモルガン皇子の……憎き兄だった男の背中を眺めながら、愉悦に浸る。

そうだ。帝国に戻ったところで、あの狡猾な第一皇子、マクシムが貴様の居場所を残すはずがない。

さあ、ここからどこまで挽回できるのか見ものだな……って。

「アル！」

ディアが席を立ち、僕の胸の中に飛び込んできた。

「もう……こんな策を用意しているなら、私に言ってくれてもいいじゃない……」

「あはは、すいません。今回については、僕とラウディオ閣下の二人だけの秘密でしたので」

口を尖らせるディアに、僕は肩を竦めながらおどけてみせる。

何より、ディアがこの策を知らなかったからこそ、あのモルガン皇子を出し抜くことができたのだから。

「リューディア殿下……まだ、すべきことが残っています」

「ええ、分かっているわ」

僕の言葉を受け、ディアは呆然とするエルヴィ公子とヨキレフト侯爵を見やった。

「エルヴィ……そこのヨキレフト卿が先のパッカネンと共謀し、メルヴレイ帝国の貴族に人身売買を斡旋していたことは既に調べがついているわ」

「っ⁉」

「お、お待ちを！　なんの証拠があって……！」

ディアの言葉に、ヨキレフト侯爵が必死にしらを切る。

だが、こうなってしまってはもはや手遅れだ。そもそも、僕達は最初からオマエの悪事を全てつかんでいたのだから。

「それは、これから我々が取り調べをすれば済むこと。そして、サヴァルタの民はそれを求めているわ。ねえ！　そうでしょう！」

「「「「おおおおおおおおおおッッッッ！」」」」

ディアの言葉に……未来の公女王の言葉に、民衆が、兵士が、サヴァルタの民の全てが応える。

僕は……そんな僕の主君の姿に、心が……魂が震えた。

ああ……やはりあなたは、僕の太陽だ……！

「さあ！　この罪人、ヘルッコ＝ヨキレフトを捕らえよ！」

「「「「はっ！」」」」

「ま、待て！　貴様等、この私を誰だと思っておる！　私は……私は……っ！」

ディアの命を受けた兵士達が、騒ぎ立てるヨキレフト侯爵……いや、ただのヨキレフトを拘束し、連行していく。

残るはエルヴィ公子、ただ一人。

「さて……エルヴィ、次はあなたよ」

「あ、姉上……」

狼狽えるエルヴィ公子を、ディアは真紅の瞳に憐憫《れんびん》を湛えて見つめる。

ディアは……今も弟を……。

でも。

「エルヴィ……いえ、エルヴィ＝ヴァレ＝サヴァルタ。あなたを宮殿の北塔へ、無期限の謹慎とするわ」

「っ⁉　姉上⁉　姉上⁉」

無情に告げるディアの言葉に、エルヴィ公子は狼狽える。

「ラ、ラウディオ！　頼む！　お前からも何か言ってくれ！」

「…………………………」

エルヴィ公子が縋るが、ラウディオ侯爵は悲しみの表情を浮かべ、ただ無言でゆっくりとかぶりを振った。

ラウディオ侯爵にとっては、エルヴィ公子も大切な親友から任された子どもの一人であることに変わりはない。

その心中、察するに余りある。

「……連れて行きなさい」

「姉上……姉上……姉上ええええええええッッッ！」

必死に床にしがみつくエルヴィ公子を、兵士は戸惑いながらも連れていった。

「ディア……民達が待っています」

「……そうね」

唇を噛みしめるディアに、ただ独り冷静な僕は静かに促した。

これを果たさなければ、ディアはサヴァルタ公国の指導者となれないのだから。

「みんな……悪に手を染めて私達サヴァルタの民を蔑ろにした者達は、ロイカンネン将軍の活躍もあって、全て排除したわ」

「…………………」

静かに……だけど、よく通る声で民衆に語りかけるディア。

民衆も、そんなディアの声に耳を傾け、次の言葉を待つ。

希望と、期待に満ちた瞳で彼女を見つめながら。

「今まで私達サヴァルタの民は、たくさんの理不尽を受け入れてきた。尊厳も、誇りも捨て、日々のささやかな幸せさえも切り売りしながら」

「…………………」

「メルヴレイ帝国の属国でしかないサヴァルタ公国に、この先の未来で何が待っているのか、それは分からない。取るに足らない存在でしかない一公女の私に、何ができるのかも分からない……」

悔しそうに告げるディアに、僕は苦しくなった胸を右手で鷲づかみにする。

民衆の表情に不安と少しの落胆の色が窺えた。

そして。

「だけど！　私は……私は、取り戻してみせる！　サヴァルタの誇りを！　尊厳を！　そしてささやかな幸せを！　大切な人達と……あなた達と共に！　だからお願い！　このちっぽけな私に、あなた達の力を貸してちょうだい！」

心から……魂から、声の限り叫ぶディア。

公女という立場をかなぐり捨て、深々と頭を下げて必死に懇願するディア。

僕以外には、ただ無意味に尊大で必死に背伸びした姿しか見せてこなかったディアが、今は本当の姿を……僕に見せてくれる、太陽に負けない輝きを放つ素直で誇り高い姿のディアを見せつけている。

僕が、ラウディオ侯爵が、兵士達が、この場にいるサヴァルタの民の全てが、そんなディアから瞳を逸らすことができず、ただ、震えた。

そして。

「「「「うおおおおおおおおおおおおおおッッッ！」」」」

この広場を、公都を、サヴァルタの民の絶叫が埋め尽くし、眼前に巨大なうねりが巻き起こる。

ディアに……サヴァルタ公国を導く、新たに誕生した公女王に応えて。

「ディア……ッ」

僕は眩しい彼女を見つめながら、ただ……涙を零した。

◇◆◇◆◇

「リューディア殿下……本当に、面会なさるのですか？」

モルガン皇子との公式会談、そしてサヴァルタの民への演説を終え、ディアと僕は宮殿の北塔へと来ていた。

「ええ……ラウディオ卿に後のことを押し付けて悪いけど、どうしても会わないといけないの。私が、前に進むために」

クスリ、と微笑みながらそう告げるディアに、僕はこれ以上何も言えなくなった。

僕個人としては、ディアには会ってほしくない。

そのことでもしディアの中に情が……いや、罪悪感が膨らんでしまったら、今後に弊害が出ると考えたから。

……いや、違うな。

僕は、これ以上ディアに悲しい思いをしてほしくないんだ。

「フフ……ありがとうアル。でも、心配しないで」

いつの間にか僕の顔をのぞき込んでいたディアが、苦笑する。

……ディアには敵わないな。

「分かりました、僕もこれ以上は何も言いません」

「うん……」

そうしてディアと僕は、北塔の階段を上る。

彼……エルヴィ公子のいる、最上階を目指して。

「リューディア殿下、どうぞ」

「ありがとう」

衛兵がゆっくりと扉を開け、中に入ると。

「っ！　あ、姉上！」

ベッドに暗い表情を浮かべながら腰かけていたエルヴィ王子が、一転して笑顔を見せた。

それにしても……はは、当たり前だけど、僕が帝国で幽閉されていた時と比べ、待遇に天と地の差があるな。

綺麗な絨毯、ふかふかのベッド、ガラスの窓も設置されていて、部屋の中に明るい日差しが差し込んでいる。

窓もなく薄暗い部屋で、藁のベッドで寝ていた僕とは大違いだ。

「姉上！　僕をこんな鬱屈としたところから、今すぐ出してください！　僕はヨキレフトがそんなことをしていたなんて、知らなかったんです！　僕は無実なんだ！」

ディアにしがみつき、必死で訴えるエルヴィ公子。

これまで彼女にしてきたこと、言ってきた暴言の数々を一切忘れて。

「……エルヴィ、残念だけどそれはできないわ。従えていた部下がそんな真似をしてしまった以上、あなたの責任も問わないといけないの」

「っ！　ど、どうして！　悪いのはヨキレフトだ！　僕じゃない！」

「………………………」

なおも泣きそうな表情でエルヴィ公子がディアにしがみつくが、彼女は唇を噛みながら視線を逸らして何も語らない。

そんなやり取りをしばらく続けていたが、とうとうエルヴィ公子も観念したようだ。

これ以上は、何も変わらないことに。

「は……はは……そうか……姉上は、弟であるこの僕を切り捨てるんだ……」

額を手で押さえながら、薄ら笑いを浮かべてその場で崩れ落ちた。

真紅の瞳に涙を湛えながら、静かに見つめているディアに気づきもしないで。

「……あなたを支えてきた貴族が去り、民からも見放されてしまったあなたは、もうサヴァルタ公国の王になることはできない。だから……」

そして。

ディアは屈み込み、その白く細い手をそっとエルヴィ王子の両頬に添える。

「また、あの頃に戻りましょう？　お父様とお母様がいて、幸せだったあの頃に」

「……………………」

ぽろぽろと大粒の涙を零しながら、ディアはニコリ、と微笑んだ。

民衆達に見せた太陽のような笑顔ではなく、弟を想う一人の姉としての優しい微笑みで。

エルヴィ公子は、まるでそんな彼女の微笑みから逃げるように、ただ目を伏せた。

第五章 〝王太女〟リューディア

「……リューディア殿下、アルカン様。シルヴァ＝ロイカンネン、ただ今戻りました」

あのメルヴレイ帝国第二皇子、モルガン＝デュ＝メルヴレイとの公式会談から一週間後。

モルガン皇子を国境の街ライオラまで送り届けたロイカンネン将軍が帰還し、宮殿の執務室に報告にやってきた。

「フフ……将軍、お疲れ様」

「将軍閣下、お疲れ様でした」

「……ありがとうございます！」

ディアと僕の労いの言葉を受け、表情こそ変えないもののサファイアの瞳はどこか嬉しそうだ。

「それで、モルガン皇子は何も問題を起こしたりはしませんでしたか？」

「……はっ！　途中、苛立ちを隠せずに帝国兵達に怒鳴り散らす様子は多々見受けられましたが、こちら側に対して特に危害を加えるようなことはありませんでした」

「そうですか……なら良かったです」

ロイカンネン将軍の報告を受け、僕は胸を撫で下ろした。

あのモルガン皇子のことだから、ひょっとしたら将軍に理不尽な真似をしないかと心配したが、そのようなことがなくてよかった……。

「……それにしても、さすがはアルカン様です！　モルガン皇子の行動を予測し、ラウディオ卿と共にあのような策を講じておられたとは……！」

瞳を輝かせ、ロイカンネン将軍がずい、と体を寄せてくる。

ち、近い……って。

「あ……ディ、リューディア殿下、そろそろ機嫌を直していただけませんか……？」

「……フン」

露骨に不機嫌な表情を浮かべるディアに気づいた僕はおずおずと声を掛けるが、彼女は鼻を鳴らして顔を背けてしまった。

実は公式会談の日以来、ディアはずっとこんな調子だったりする。

僕がモルガン皇子に歩み寄るふりをして、裏でマクシム皇子側に例の顧客リストを流したことを教えなかったことに、ディアは今もご立腹なのだ。

「……アルのくせに、この私を除け者にするようなことをするからいけないのよ」

「……そう言われればそうですね。私も、教えていただけなかったことは悲しいです……」

「将軍閣下まで⁉」

そんな二人の様子に、僕は慌てて必死に機嫌を取る。

すると。

「殿下、皆様……ラウディオ閣下がいらっしゃいました」

「ラウディオ閣下が？」

珍しいな……用がある時は、いつも僕を呼びつけていたのに……。

「失礼。公国の太陽、リューディア殿下にご挨拶申し上げます」

執務室に入るなり、ラウディオ侯爵が恭しく一礼した。

だけど、ディアへの接し方がこれまでのどこか横柄だった態度から一変し、明確に臣下の礼を取っており、僕の中で違和感が拭えない。

「……何かね、アルカン君」

「い、いえ！　何も！」

ジロリ、と睨まれ、僕は思わず顔を逸らす。

「……まあいい。今日伺ったのは、ロイカンネン将軍も戻られたので、今後の話をしたいと思ってな」

「ああ……」

ラウディオ侯爵の言葉に、僕は頷く。

確かに、今日の時点では国内にディアの敵はいなくなったことだし、次のことを話しておくに越したことはないだろう。

その前に。

「ラウディオ閣下。それで、向こうの動向はどうなっていますか？」

「クク、そうであったな。後でユリウスに報告書を持ってこさせるが、簡単な状況説明だけしておこう」

ラウディオ侯爵が、メルヴレイ帝国の今の状況について説明してくれた。

まず、あの顧客リストをマクシム皇子の手の者に渡したことで、モルガン皇子が帝都に帰還するまでの間に、リストにあったモルガン皇子派の貴族全員が大々的に晒され、粛正されたとのこと。

もちろんその貴族達は全員処刑され、家も取り潰し。領地や財産などは皇室の直轄となったらしい。

なお、同じく不正を働いたマクシム皇子派の貴族は、今のところは音沙汰ないが、いずれは秘密裏に粛正するみたいだ。

まあ、そんな危険な者を自分の派閥に置いておきたくないだろうしな。

それに、リストを持っているのはモルガン皇子も同じなのだから。

「クク……とはいえ、先に不正を糾したのはマクシム皇子なのだから、後でモルガン皇子が声高に言ったところで皇帝も聞く耳を持つまい。そしてモルガン皇子自身も、まさかこちらにしてやられたとも言えんだろうしな」

「ええ、そんなことをすれば、自分が無能であると証明するようなものですから」

そう言って、僕とラウディオ侯爵はほくそ笑む。

「ちょっと待ってアル。その場合、モルガン皇子が逆上して公国に不利益を与えたりする可能性もあるんじゃないのかしら？」

「……私もそのように思います」

おずおずと尋ねるディアに、ロイカンネン将軍が同意する。

「はい、僕もそう思います」

「っ⁉　それじゃ駄目じゃない！　この後どうするの⁉」

「……そうです！　公国軍三千の兵士は、アルカン様のご指示どおり公都へと引き上げてしまいました！　それならば、万が一に備えてライオラの街に駐留しておいたほうがよかったのでは⁉」

慌てた二人が血相を変え、僕に詰め寄る。

「あはは、心配はいりません。いくら逆上しているとはいえ、さすがに表立ってモルガン皇子が帝国軍をこちらに差し向けることなんてできませんから」

そう……モルガン皇子も既に皇帝から叱責を受けているだろうし、そもそも兵を動かすような真似をすれば、公国との親善を果たすようにと命を下した皇帝の顔に泥を塗るようなもの。

絶対に、モルガン皇子は正式に軍を動かすことはできない。

「そうだな……仮に独断で軍を動かせば、その時こそモルガン皇子は終わりだ。さすがに、そこまで馬鹿ではないだろう」

ラウディオ侯爵の言葉に、僕は頷く。

「そういうことですから、二人共ご心配なく。むしろ、公国軍を引き上げてきて正解です」

「「……そ、そういうことなら……」」

どこか納得いかない様子のディアとロイカンネン将軍だが、とりあえずは頷いてくれた。

「そういうことですので、僕達が次にすべきことはリューディア殿下が公女王の座に就くことをメルヴレイ帝国に認めさせることです」

「ええ、そのとおりね」

「……はい」

「うむ」

僕がそう告げると、三人が頷く。

モルガン皇子は論外として、マクシム皇子もモルガン皇子に顧客リストが渡っていることを知れば、疑心暗鬼に陥るだろうから、あの男の後押しは期待できない。

また、僕達は帝国貴族の裏の顔を暴いたのだから、帝国貴族達からもさぞや恨まれていることだろう。

こうなると、水面下での根回しなどを行ったところで期待できない。

「……やはり、モルガン皇子にまで顧客リストを手渡したのは失敗だったか……？」

ラウディオ侯爵が、苦虫を噛み潰したような表情を浮かべる。

「いえ、二人の皇子を疑心暗鬼にさせ、互いをさらに牽制させることで弱体化を図るという目的こそ最優先です。今回のことは、いずれサヴァルタ公国の独立のために必要なことですから」

そう……今の時点では小さな綻び程度かもしれないが、それはやがて大きくなって帝国内に不穏な空気を生む結果となる。

その結果、二人の皇子による内乱が起これば最上……そこまでいかなくても、帝国内が二つに分かれさえすれば十分だ。

「アル……じゃあどうするの？」

「大丈夫、既にそのための策は考えております」

「ええっ⁉」

「……ほ、本当ですか⁉」

口の端を持ち上げながらそう告げると、ディアとロイカンネン将軍が驚きの声を上げた。

ラウディオ侯爵も平静を装ってはいるが、目を見開いた瞬間を僕は見逃してはいない。

「はい、あとはその時を待つだけです」

「そ、そう……それで、アルの考えている策というのは……？」

ディアが真紅の瞳を、ロイカンネン将軍がサファイアの瞳を輝かせ、僕を見つめる。

モルガン皇子の件では策を伝えなかったことであんなにディアが拗ねてしまったから、さすがに今回は言わないと本気で怒られそうだな……。

「……お伝えはいたしますが、絶対に他言無用ですからね？」

「も、もちろんよ！」

「……私も絶対に漏らしたりはいたしません！」

「クク……まあ、話してみたまえ」

僕は念を押した後、三人に策を告げた。

「アル……本当にそんなことが起こり得るの？」

聞き終えたディアが、疑うような視線を僕に送ってくる。

まあ、策の大まかな部分だけを聞けば、信じられないのも仕方ないか……。

「はい。あの男なら絶対にそうしてくるはずです。そうすることで、全てをひっくり返すことができるのですから」

「ふむ……だが、それがいつ行われるのか、それすらも不確かではないかね？」

「もちろんそうです。なのでラウディオ閣下と将軍閣下には、存分に働いていただきます」

「うむ」

「……お任せください！　このシルヴァ＝ロイカンネン、必ずやアルカン様の期待に応えてみせます！」

ラウディオ侯爵がゆっくりと頷き、ロイカンネン将軍は胸を叩いた。

◇◆◇◆◇

「……アルカン様」

策の全てを伝え終え、僕が執務室を出たところでロイカンネン将軍に声を掛けられた。

「？　どうされました？」

「……その、二週間前、ライオラの街に出立する際に私の言ったこと、覚えておられますでしょうか……？」

ロイカンネン将軍は、上目遣いでおずおずとそう尋ねる。

いつも凛とした彼女にしては珍しく、そのサファイアの瞳には不安や恐れ、そういった色が窺えた。

「はい、覚えておりますよ。無事に役目を果たした時に、僕にお願いしたいことがあるとか……」

「……っ！　そ、そうです！」

僕が約束を覚えていたことが嬉しかったらしく、瞳から不安の色は消え、透き通るような声が少し上ずっていた。

「それで、どのようなお願いでしょうか？　僕にできることでしたら、なんなりと言ってください」

「……は、はい……では……」

ロイカンネン将軍は胸の前で手を組みながらうつむいた後、顔を上げると。

「……わ、私のことを、将軍閣下などではなく、シルヴァ、とお呼びいただけますでしょうか！」

勢いよく告げるロイカンネン将軍に、僕は思わずたじろいでしまった。

だ、だけど、名前で呼ぶだって？

「少々畏れ多い気もしますが、将軍閣下のお願いでもありますので……で、では、シルヴァ閣下、とお呼びすればよろしいでしょうか……？」

「……い、いえ！　敬称などいりません！　ただ、シルヴァとお呼びくだされば……」

「は、はあ……」

ウーン……本当にそれでいいのかな……。

とはいえ、あのように必死な姿を見てしまうと、そうするしかない気がする。

「分かりました……では、これからはシルヴァ様と呼ばせていただきます」

「……っ！　は、はい！　ありがとうございます！」

僕が彼女の名を呼んだ瞬間、普段は表情を変えることがない綺麗な顔が、月明かりに照らされた真っ白な雪のようにさらに輝いた。

　そんな彼女……シルヴァ様の笑顔に、僕は思わず見惚れてしまった。

「……ふふ！　では、私は来るべき時に備え、軍を編成してまいります！」

「あ……は、はい……」

　そのまま笑顔で手を振るシルヴァ様を、僕はその姿が見えなくなるまで見つめていた……って!?

「あいたっ!?」

　突然走った足の甲への激痛に身を屈め、何事かと顔を上げると…………………………あ。

「へぇ……アルったら、少し鼻の下が伸びすぎているんじゃないかしら？」

　そこには、クスリ、と微笑むディアがいた。

　だけどその真紅の瞳は一切笑っておらず、むしろその視線だけで人を殺せるんじゃないかと思えるほど鋭かった。

「や、やあ……ディア……」

「それで？　将軍を名前呼びするほど仲良くなって、私の参謀様は一体何がしたいのかしら？　それとも、あなたが本で学んだ兵法というのは、女性の口説き方のことを言うの？」

「っ!?　ま、まさか！」

　盛大に皮肉を込めて言い放つディアに、僕は立ち上がって必死で否定する。

　他の誰に誤解をされようが変な目で見られようが気にしないけど、ディアにだけはそんなふうに見られたくない。

僕は……ディアにだけは嫌われたくない。

「……フフ、冗談よ。あなたが将軍に頼まれて彼女を名前で呼ぶことになったことは、その様子を一部始終見ていたもの」

「あ……」

そう言って、ちろ、と舌を出しながらおどけるディアを見て、僕は胸を撫で下ろした。

よかった……嫌われたらどうしようかと思った。

「だけど」

「っ!?」

「私は嫉妬深いの。我慢にも限界があるから、それを忘れないでちょうだい」

ディアはニコリ、と微笑みながら、僕の胸に飛び込む。

そんな彼女を、僕は精一杯受け止めた。

◇◆◇◆◇

■エルヴィ＝ヴァレ＝サヴァルタ視点

「くそう……くそう、くそう、くそう、くそう、くそう……っ」

この北塔に謹慎処分となってから、既に一か月。

今日もまた、僕は拳で床を何度も叩きながら、あの日の屈辱に塗れている。

「本当なら、この僕こそがサヴァルタ公国の王になるはずだったんだ……！　なのに、どうしてこんなことになってるんだよ……！」

そうだよ！　僕が……僕こそが王に相応しいんだ！

あんな弱く泣いてばかりで、そのくせこの僕に偉そうなことばかりを言う姉上なんかよりも！

「大体、何が『あの頃に戻りましょう？』だ！　あんな鬱屈した毎日に戻るなんて、僕はゴメンなんだよ！」

父上も、母上も、弱かったから負けて死ぬことになったんだ。

そして、その両親の子どもである姉上も僕も、同じく弱いんだよ……っ。

だから僕は……強い奴に巻かれるんだ。

そうすれば、僕だって……姉上だって、あの二人みたいに死ぬことはなくなるんだ……。

「アハハ……それもこれも、全部おしまいだけどね……」

こうなった以上、メルヴレイ帝国は僕を見限っただろう。

あとはこの塔の中で、姉上が帝国によって人としての尊厳を失われるまで穢され、無残な死を迎える姿を見届けるんだ。

そして、同じく僕も……。

「う……っ、ふぐ……！」

その時のことを想像し、僕の目から涙が溢れる。

そんな未来を、ただこうして待っていることしかできない悔しさに。

――コン、コン。

……どうやら、給仕がいつものように食事を持ってきたようだ……って。

僕は思わず窓の外を見やる。

まだ陽は高く、食事をするような時間帯じゃない。

「エルヴィ殿下……私はヨキレフト侯爵家の者です。少々よろしいでしょうか？」

「っ!?」

ヨキレフトの家の者だと!?

だ、だが、あの男はあの公式会談の場で断罪され、今は投獄されて沙汰を待っているはず。

なのに、どうして僕のところに!?

「ほ、本当にヨキレフトの手の者なのか!?」

「はい。お館様からの指示を受け、エルヴィ殿下をお救いしにまいりました」

「ぼ、僕を救いに!?　そ、それではヨキレフトは……」

「既に牢から脱出し、領地へと帰還を果たしております。ですので、エルヴィ殿下も……」

どうやって脱出したのかは知らないが、どうやら僕もここで終わらなくて済みそうだ。

「分かった。なら、すぐにここから出してくれ。話はそれからだ」

「かしこまりました」

そう言うや否や、施錠されていたこの部屋の扉が開いた。

「塔の外に馬車を用意してありますので、エルヴィ殿下をヨキレフト家に繋がるゲートへとご案内します」

現れたヨキレフトの手の者は、黒のタキシードを着た深緑の髪の女だった。

それも、かなり端整な顔立ちの。

こんな女で、本当に大丈夫なのか？

女に一抹の不安を覚えるも、これに縋るしかない僕はただ頷いてみせた。

ヨキレフトの手の者に案内され、塔の出口を目指す。

途中、何人かの兵士が血を流して倒れていたが、全てはこの女がしたことのようだ。

……どうやら、それなりに腕が立つようだな。

女の実力が分かったことと自由になったことへの解放感からか、あれほど鬱屈していた気分は晴れ、僕は少しばかり自尊心を取り戻していた。

「それで……この後はどうするのだ？　罪人である僕達を、あのロイカンネンがみすみす逃がすとも思えんが」

いつしか口調も変わり、僕は女に尋ねる。

「その点につきましても抜かりなく。お館様は大罪人ロイカンネン将軍、そしてリューディア殿下に天誅を下すため、一万の兵を準備しておられます」

「待て!?　一万の兵だと!?　それに、姉上とロイカンネンが大罪人とはどういうことだ!?」

女の言葉に理解が追い付かず、僕は捲し立てるように問い詰める。

い、一体、僕がこの塔にいる間に何が起こったんだ⁉

「はい。あのパッカネン男爵による事件については、モルガン殿下の発言こそがメルヴレイ帝国の公式見解とお館様はご認識され、間違いを正すべく動いたということです」

「だ、だが、民衆達にとっては姉上とロイカンネンこそが正義であり、今さらそんなことを誰も支持するはずが……」

「問題ありません。エルヴィ殿下とお館様がサヴァルタ公国の全てを掌握し、帝国の後押しを受けて民衆を従えれば済む話です」

そう言って、口の端を吊り上げる女。

そんな女の表情を見て、背中に冷たいものを感じた。

だが。

「アハハ……！　そうだ！　貴様の言うとおりだ！　この僕が……サヴァルタ公国の正統な王となる資格を持つこの僕が、全てを手にしてみせる！　そして、僕をこんな目に遭わせた連中に……姉上に、ロイカンネンに、ラウディオに、全ての元凶であるあの仮面を被ったペット《・・・》に、屈辱を味わわせてやる！」

僕は拳を握りながら、そう叫んで奮い立つ。

そんな僕を、目の前の女は恍惚の表情を浮かべながら見つめていた。

◇◆◇◆◇

「おお……！　エルヴィ殿下、ご無事で何よりですぞ！」

公都を脱出してゲートをくぐると、満面の笑みを浮かべたヨキレフトに熱烈な歓迎を受ける。

しかも、眼前には大勢の兵士が待ち構えていた。

「うむ、詳しい話は馬車の中でこの女から聞いた。それで、一万の兵を準備しているとのことだが……」

「グフフフフ！　そのとおりですぞ！　此度はメルヴレイ帝国の支援もあり、これだけの兵を用意することができました！　しかも、エルヴィ殿下を指示している者達も、続々と集まってきておりますぞ！」

「そうか！」

ヨキレフトの言葉に、僕は色めき立つ。

「だが、よくぞそこまで兵を集めることができたものだな……お主も、僕と同じように捕らえられていたはずなのに……」

「グフフ……実は、帝国のモルガン殿下が秘密裏に色々と手配してくださったのですぞ」

「モルガン殿下が！」

なるほど……確かに、帝国の第二皇子であるモルガン殿下であれば、一万の兵を準備することは容易いか……って、ちょっと待て⁉

「だ、だが、それではどうやって一万もの兵を公国に派遣することができた⁉　ロイカンネンが国境を守備している中、そのようなことは不可能だぞ！」

「グフフフ！　そこがリューディア殿下とロイカンネン将軍の浅はかなところですぞ！」

「どういうことだ？」

「実は、公式会談を終えて国境へと向かうモルガン陛下に、三千の兵と共に同行した後、将軍はその兵を引き連れて公都に帰還していた上に、あろうことか公国領の安定のためにと、各地へ兵を分散して派遣してしまったのです！」

……そういうことか。

僕を排除してもう敵はいないと踏んだ姉上達は、国内を落ち着かせるために兵を分けてしまったんだな。

「何より、私があの忌まわしき牢獄から脱出することができたのも、殿下が北塔から脱出できたのも、全てはモルガン陛下の思し召しなのですぞ！　そしてモルガン殿下は、殿下がこの国の王となることを望んでおられます！」

「ああ……そのとおりだ。僕こそが、このサヴァルタ公国の王なのだ！」

ヨキレフトの言葉に、僕は力強く頷いた。

「おお……では！」

「これより！　我がサヴァルタ公国の簒奪《さんだつ》を目論む第一公女リューディアとその一味を粛清する！

皆の者、行くぞ！」

「「「「おおおおおおおおおッッッ！」」」」

僕がそう宣言すると、兵士達は一斉に気勢を上げる。

そして……僕達は公都へと進軍を開始した。

◇◆◇◆◇

「フフ……だけどアルの言ったとおり、あの豚は案の定脱走したわね」

宮殿の執務室で、ディアがクスリ、と嗤いながらお茶を口に含む。

「そうですね。それも、思ったよりも早く」

そんな彼女の言葉に、僕はゆっくりと頷いた。

とはいえ、僕の予想では二、三か月先だったんだけど、まさか僅か二週間で動きを見せるとは思わなかったな。

まあそれだけ、あのヨキレフトもその裏にいるモルガン皇子も焦っている証拠なんだろうけど。

だが……さすがにクーデターを起こすには、まだ準備不足だろう。

何より、エルヴィ殿下はまだ北塔に幽閉されたままだ。

掲げる御旗がなければ、たとえ準備が整っていたところで動き出すための大義名分もない。

そう考えていた、その時。

「……アルカン様！　ヨキレフトに続き、エルヴィ殿下も北塔から脱走いたしました！」

「っ⁉　それで！」

「……はっ！　エルヴィ殿下はヨキレフトと合流の後、軍勢一万と共にこの公都へ向けて進軍を開始したとの報が入っております！」

執務室に勢いよく飛び込み、焦った様子で報告するシルヴァ様。

でも、表情は変わらないものの、どこか嬉しそうな様子だ。

「シルヴァ様、報告ありがとうございます。それで、こちらの準備は……？」

「……もちろん、いつでも行けます！」

「そうですか」

自信満々に答えるシルヴァ様を見て、僕は満足げに頷く。

そうか……いよいよ……。

「リューディア殿下」

「ええ……これで、全てを終わらせるわ」

ディアは少し悲痛な表情を浮かべながら、僕達を真紅の瞳で見つめると。

「アル！　将軍！　逃亡したエルヴィ及びヨキレフトを捕らえなさい！　大勢が決した今、もうエルヴィの居場所はないことを分からせてやるのよ！」

「はい！」

「……はっ！」

僕とシルヴァ様は、ディアの……僕の主君の命に、勢いよく返事をした。

「シルヴァ様、行きましょう！」

「……はい！　アルカン様と私で、連中を蹴散らしてやりましょう！」

宮殿の玄関へと向かうと、僕とシルヴァ様は馬に跨る。

ディアは、気丈に振る舞いながら僕達を見送りに来てくれた。

でも……ディアの瞳は僕を心配していて……。

だから。

「あ……」

「リューディア殿下……必ずやあなたに、勝利を捧げます」

僕は彼女の前で跪き、その白く細い手に口づけを落とした。

すると。

「っ!?　リューディア殿下……」

「絶対に……絶対に無事に戻ってくるのよ。もしあなたに何かあったりしたら、絶対に許さないんだから……っ」

「はい……」

力一杯、僕を抱きしめるディア。

そんな彼女の背中を優しく撫で、僕は静かに返事をした。

あはは……これで僕は、絶対に負けられない。

いや、負けるつもりはない。

ディアからそっと離れ、僕は強く胸を叩くと、彼女がくれた漆黒の仮面を被る。

さあ……エルヴィ殿下、ヨキレフト、そして、その後ろにいるモルガン皇子、この者達を全て奈落の底に突き落とそう。


——全ての者に災いをもたらす、〝厄災の皇子〟として。

◇◆◇◆◇

「はは……予想どおりだな」

ディアに見送られて公都を発ってから三日後の夜。

僕はシルヴァ様と共に決戦の舞台となる地、カルレリアへと足を踏み入れた。

ここは、ネルヴァ川が山岳の間をうねるように流れ、大軍が通れる街道は一つしかない。

エルヴィ殿下達の軍勢はその街道の日前に迫っており、明日の街道越えに備えてその手前で野営をしている。

「……アルカン様、どうなさいますか？　見た限り、エルヴィ殿下の軍は大軍ということもあって気が緩んでおります」

望遠鏡で連中の様子を眺めながら、シルヴァ様が尋ねた。

今夜襲を仕掛ければ、連中に打撃を与えられると踏んだんだろう。

「あはは、そんな勿体ないことはしませんよ。それより、例の準備はどうなりましたか？」

「……はっ。各部隊より、既にこのカルレリアに入っております。公国軍三千、いつでも打って出ることが可能です。加えて、例の準備についても整っております」

抑揚のない声で淡々と告げるシルヴァ。

だけど、そのサファイアの瞳からは、この決戦に向けた意気込みが感じられた。

「ありがとうございます。では、手筈どおりに兵を所定の場所へ配置するようにしてください。あ、そうそう、くれぐれも前に出すぎないように指示しておいてくださいね？」

「……もちろんです。私も大切な部下達を失いたくはないですから」

僕の言葉に、シルヴァ様はどこか楽しそうな様子で頷いた。

「……それにしても、やはりアルカン様は素晴らしい策謀をお持ちですね……以前、アルカン様は『薄暗い塔の中』におられたとおっしゃっていましたが……」

シルヴァ様が賞賛の言葉を述べ、漆黒の仮面からのぞく僕の瞳を見つめながらおずおずと尋ねる。

……彼女になら、僕の出自を教えてもいいだろう。

「……既にご存知だと思いますが、僕の本当の名はアルカン＝クヌートなどではありません」

「…………………………」

そう告げると、シルヴァ様は無言で頷く。

「僕の本当の名前はヴァレリウス＝デュ＝メルヴレイ……〝厄災の皇子〟と呼ばれた、メルヴレイ帝国の元第三皇子です」

「……っ!? そ、それは誠ですか!?」

驚くシルヴァ様に、今度は僕がゆっくりと頷いた。

それから、ここに至るまでのことについて彼女に語った。

〝厄災の皇子〟として帝国の全ての者から忌み嫌われていたこと。

子どもの頃に塔に幽閉され、唯一の楽しみは塔の地下に所蔵されていた書物だったこと。

皇帝の指示によって、毒殺されかかったこと。

そして、帝国への復讐を誓って逃亡した先で、僕の太陽……ディアに出逢ったこと。

「……だから今の僕は、メルヴレイ帝国への復讐を果たすため、このサヴァルタ公国を利用しているんです」

よせばいいのに、僕はその言葉で締めくくった。

もちろん、ディアのためにサヴァルタ公国に命をかけて尽くすつもりでいる。

だけど、僕の根底にあるのは理不尽な目に遭わせた挙句、この僕を死に追いやろうとした父を、兄を、メルヴレイ帝国に生ける者全てへの復讐、それだけなのだから……っ!?

「シ、シルヴァ様!?」

「……なら、私と同じ、ですね」

突然僕を抱きしめたシルヴァ様が、そう耳元でささやく。

でも……『私と同じ』って、どういうことだろう……。

「……私も尊敬する父を殺され、帝国への復讐を誓いました。そのために屋敷に引きこもりながら、リューディア殿下とエルヴィ殿下を天秤にかけていました」

「シルヴァ様……」

「……そんな時です。私の前に、あなたが……アルカン様が現れました。そして、この私を導いてくださいました」

彼女の声は、いつもどおり抑揚もなく淡々としたもの。

なのに、言葉の一つ一つから、彼女の想いが伝わってきた。

「……あなたの目的が復讐であって、たとえサヴァルタ公国を、リューディア殿下を、そして私を利用しているのだとしても、私は一向にかまいません。そもそも目的は同じなのですし、何より、他ならぬあなただけが、その可能性を見せてくださったのですから」

そう言うと、シルヴァはニコリ、と輝く雪のような微笑みを見せてくれた。

あはは……彼女も、本当に不器用だな……。

だけど。

「ありがとう、ございます……僕と、リューディア殿下と、シルヴァ様……僕達で、必ずや悲願を果たしましょう」

「……はい！」

僕とシルヴァ様は見つめ合いながら、互いに不器用に笑った。

◇◆◇◆◇

■エルヴィ＝ヴァレ＝サヴァルタ視点

「エルヴィ殿下、このカルレリアの街道を抜ければ、いよいよ公都は目前ですぞ！」

狭い街道を行軍しながら、ヨキレフトが興奮した様子でそう告げる。

だが、その気持ちもよく分かる。

僕がとうとう、この国の王になる時が来たんだ。

「そういえば、僕をあの北塔から助けてくれたあの女……カサンドラは、ヨキレフトの侍女と聞いているのだが……」

彼女を見やりながら、僕はヨキレフトに尋ねた。

あの北塔で少数とはいえ衛兵達を全て倒してみせたカサンドラは、どう考えてもこのヨキレフトに扱えるような人材ではない。

なのにこの男に仕えているという事実に、僕はずっと違和感を覚えていた。

「グフフ……カサンドラに関しては、誠に掘り出しものでしてな。パッカネン卿の抱えていた売りものの中に、偶然いたのですよ」

「ほう……？」

「カサンドラは見てのとおり美しいですからな。私も大金をはたいて購入したのですが、いざ買ってみると殊の外優秀でしたので、今では私の護衛兼秘書と帝国との連絡役を任せております」

そう言って、ヨキレフトは下品な笑みを見せた。

それも、カサンドラに対し舐め回すような視線を向けながら。

「ふむ……ヨキレフトよ、頼みがある」

「頼みですか？」

「ああ。姉上を倒して僕が公王となったあかつきに、カサンドラを僕にくれ」

真剣な眼差しを向けながら、ヨキレアトにそう告げる。

もちろん彼女が優秀ということもあるが、それ以上に、どうやら僕はカサンドラに惹かれてしまったようだ。

僕はもう、ここに至るまでに何度も重ねた彼女の温もりを手放せそうにない。

「……グフフ、私もカサンドラには大金をつぎ込みました。たとえエルヴィ殿下でも、さすがに……」

「タダでとは言わない。ヨキレフトには宰相……いや、執政としてサヴァルタ公国における政務の全権を与えよう」

「おお……！　誠にございますか！」

色めくヨキレフトに、僕は強く頷いた。

彼女を手に入れられるのであれば、それくらい安いものだ。

「グフフフフ！　承知いたしました！　このヨキレフト、カサンドラを殿下にお譲りいたしますぞ！」

「ああ、ありがとう」

ヨキレフトに礼を述べると、僕はゆっくりとカサンドラのもとへと歩み寄る。

「カサンドラ……これからは妻として、公妃として、この僕を支えてくれ」

「っ！　エルヴィ殿下……っ！」

輝く翡翠の瞳を潤ませ、胸に飛び込むカサンドラを、僕は強く抱きしめた。

その美しい顔をのぞき込むと、彼女は嬉しそうに口の端を吊り上げていた。

アハハ、本当に笑顔が下手だな。

だが、そんなところも魅力なんだけど。

「さあ！　急ぎ公都を目指すぞ！　早くこんな街道を抜けてしまうのだ！」

「「「「はっ！」」」」

僕達の行軍は順調とはいかないまでも、一万の兵士は街道を突き進む。

そして、街道の半分まで進んだ、その時。


――ドン！　ドン！　ドン！


「な、なんだ⁉」

「まさか……て、敵襲か⁉」

突然鳴り響いた戦太鼓に、僕達は驚きの声を上げた。

「ヨキレフト！　これはどういうことだ!?」

「わ、分かりませぬ！　皆の者！　殿下と私を守るのだ！」

ヨキレフトが指示を出すと、兵士達が円陣を組んで僕達を守るように取り囲んだ。

「エルヴィ殿下……この私が必ず、あなたをお守りいたします」

「カサンドラ……ありがとう。だが、決して無理をしてはならないぞ」

「心得ております」

すると、今度は太鼓の音が鳴り止んだ。

「こ、これは……？」

もう訳が分からず、僕もヨキレフトもカサンドラも、周囲を見回す。

その瞬間。

「「「う、うわあああああああああああああ!?」」」

街道の前から、後ろから、兵士達の混乱する声と悲鳴が沸き起こった。

「な、なんだというのだ！」

「ほ、報告いたします！　街道に面した崖から敵による奇襲を受けました！」

「「な、なんだと!?」」

ま、まさか、姉上達は僕達を待ち伏せしていたというのか!?

「え、ええい！　所詮、敵は少数のはず！　すぐに連中を見つけ出し、皆殺しにしてしまえ！」

「で、ですが、この崖では登ることは不可能です！　仮に登れたとしても、待ち構える敵の格好の的です！」

「な、ならば、早く街道を抜けるのだ！　急げ！」

「はっ！」

僕達の軍は敵の奇襲から逃れるため、一目散に街道の出口を目指す。

だが、街道は狭い上、こちらの軍勢は一万。思うように進めない。

「クソッ！　このままではジリ貧だぞ！　どうするんだ！」

「と、とりあえず川へと逃げ込みましょう！　幸い水かさもさほどではなく、これなら進めそうです！」

「う、うむ！」

ヨキレフトが大軍に指示すると、兵達は一斉に川へと逃げ込む。

そのおかげで、敵の矢や落石から逃れることができたようだ。

「よ、よし！　このまま川を下って一気にここを抜けるぞ！」

「はっ！」

そして僕達の軍が、川を進もうとすると。

「っ!?　カ、カサンドラ!?」

「エルヴィ殿下！　行ってはなりません！」

川を下ろうとしたところでカサンドラに止められ、僕は思わず混乱する。

「ど、どうしてだ？」

「この川……どこか様子が変です。ここを見てください」

そう言って彼女が指差したところを見ると、明らかに土の色が異なっていた。

「こ、これがどうしたのだ……？」

「この乾いたところとぬかるんでいるところの違いから分かるとおり、本来の川の水位はここまであるのです。これは明らかにおかしいです」

「っ!?」

た、確かにそうだ。

日照りの厳しい夏場であればともかく、季節はまだ初夏。

しかも、ここは大陸の北に位置するサヴァルタ公国だ。ここまで川の水位が下がるようなことがあるはずがない。

何より、土がぬかるんでいるということは、つい最近までその高さの水位があったということ……!?

「み、皆の者！　今すぐこの川から出るんだ！　このままでは全滅……っ!?」

――ドドドドド……ッ！

「こ、この音はなんだ……？」

どこからか近づいてくる地鳴りのような音に、川の中へと入ったヨキレフトや兵士達が辺りを見回す。

その時。

――ドドドドドドドドドドドドドドドドドドドドドドッッッ！

「「「「う、うわあああああああああああああッッッ！」」」」

川の上流から大量の水が押し寄せてきて、兵士達を一気に飲み込んでいく。

その勢いに、僕達の軍勢はなすすべがなかった。

「ヨ、ヨキレフト！」

「いけません！　殿下！」

兵士達と同様、水に飲みこまれたヨキレフトへと手を伸ばすが、カサンドラが身体を張って僕を止めた。

「あ……ああ……」

川が落ち着きを取り戻し、本来の水位となった後には……僕とカサンドラ、それに僅かの兵が残るのみだった。

「「「「うおおおおおおおおおおおおおッッッ！」」」」

「「「「っ!?」」」」

僕達が失意に膝から崩れ落ちる中、街道の前方から駆けてくる騎馬の集団。

あれは……ロイカンネンか!?

「……さあ！　皆の者、勝利をリューディア殿下とアルカン様に捧げるため、サヴァルタ公国の未来をつかむため、ここで全ての決着をつけましょう！」

「「「「おおおおおおおおおおッッッ！」」」」

先頭で縦横無尽に大剣を振るう〝白銀の戦姫〟、シルヴァ＝ロイカンネンの檄に応えるかのように、敵軍は残っている兵士達へ次々と襲いかかり、討ち取っていく。

「……っ！　エルヴィ殿下！」

「ヒイッ!?」

氷のような青い瞳に捉えられ、僕は思わず悲鳴を上げた。

こ、このままでは、僕まで討ち取られてしまう……っ。

「エルヴィ殿下！　こちらです！」

「っ！　あ、ああ！」

「……待て！」

手を取るカサンドラに導かれながら、僕は彼女と共にかろうじて登れる崖の小道を駆け上がっていく。

騎馬では小道を通ることはできないようで、ロイカンネンは小道の手前で立ち止まりながら僕を睨んでいた。

そのまま森の中へと逃げ込み、ロイカンネンから逃げおおせた安心感からか、僕はその場でへたり込んだ。

「た、助かった……」

僕は思わず、ポツリ、と呟く。

だけど、その次に僕の心を襲ったのは、今後への不安だった。

一万の兵も、僕に付き従ったヨキレアトも、今はもういない。

「エルヴィ殿下……」

そんな僕を、カサンドラは優しく抱きしめる。

「カ、カサンドラ……ぼ、僕はこれから、どうすればいいんだろうか……」

その豊かな胸に縋りながら、僕は優しく見つめる彼女に問い掛ける。

カサンドラは……カサンドラは、この僕を見捨てたりはしな…………………は？


――ずぐり。


僕の胸が、焼けるように熱い。

「え？　え？」

訳が分からず、僕は呆けながらカサンドラを見た。

その貌《かお》は……まるで魔女の微笑みのようだった。

「が……は……な、ぜ……？」

「ウフフ……せっかくモルガン殿下がここまでお膳立てされたというのに、あなたって本当に無能なんですね。まあ、こんな無能な公子を支援されたモルガン殿下も、同じく無能ですが」

クスクスと嗤うカサンドラを見て、僕はようやく気づく。

ああ……僕は結局、帝国にとって都合のいい操り人形でしかなかったんだ……。

そんな操り人形は、所詮は役に立たなければ棄てられるだけ。

それが……この僕なんだ……。

「あ、ね……う……え……ごめ……っ」

「ウフフ♪」

大好きだった姉上への謝罪の言葉を、言い終える前に。


――ザシュ。

僕は……この世界から消えた。

◇◆◇◆◇

「……アルカン様！　我々の大勝利です！」

川に飲み込まれた軍勢も含め、かろうじて生き永らえた敵兵も全て討ち取り、シルヴァ様は嬉しそうに僕の手を取った。

「あはは……策がうまくいってよかったです」

そんな彼女に苦笑する僕は、今回の戦を仕掛けるためにいくつかの策を講じていた。

まず、エルヴィ殿下とヨキレフトの監視を緩め、わざと逃げやすい環境を作った。

もちろん、こうやって蜂起《ほうき》させるために。

そして、マクシム皇子に渡したリストによって立場が悪くなったモルガン皇子が、この現状を打破するためにエルヴィ殿下達に肩入れすることも分かっていた。

だが、シルヴァ様率いる三千の軍勢が国境付近に留まってしまっては、エルヴィ殿下へ支援を送ることもできない。

そのため僕は、シルヴァ様に指示して公国内の安定化を図るという名目で、兵士達を各地に派遣するふりをして、エルヴィ殿下の軍勢を倒すための準備をさせた。

それは、このカルレリアの街道を決戦の地と定め、あらかじめネルヴァ川を堰《せ》き止めること。

敵の大軍を、激流で全て飲み込むために。

モルガン皇子による支援の動きが早かったため、準備が間に合うか不安だったけど、そこはシルヴァ様とその兵達。なんとか間に合わせてくれた。

やはり彼女は、将軍としての……英雄としての資質を、十分に備えている。

また、ラウディオ侯爵がメルヴレイ帝国のマクシム皇子と通じ、モルガン皇子の動きを全てつかんでいたことも大きい。

策略において、最も重要なことは多くの情報をつかむこと。

その情報を掌握していた僕達が、負けることはあり得なかったんだ。

「……本当に、アルカン様は軍神と呼ぶに相応しい御方です」

「あはは……僕は軍神なんて大それたものではないですよ。僕は、ただの〝厄災の皇子〟です」

そう……僕は〝厄災の皇子〟。

メルヴレイ帝国に、災いをもたらす者だ。

「それで、エルヴィ殿下とヨキレフトは発見できましたか？」

「……目下《もっか》捜索を続けております。ですが……」

シルヴァはそう言うと、目を瞑りながらかぶりを振った。

おそらくは、ネルヴァ川に飲み込まれてしまったのだろう……。

だけど、二人の生死を確認しなければ、全てを終わらせることはできない。

ディアの、姉としてのエルヴィ殿下への想いも……。

すると。

「将軍閣下、参謀閣下、失礼します！　川の下流において、ヨキレフトの遺体を発見いたしました！」

「っ!?」

「……っ！　本当ですか！」

「はっ！　間違いありません！」

「それで！　エルヴィ殿下は！」

「……残念ながら、エルヴィ殿下はまだ見つかっておりません」

エルヴィ殿下が行方不明との兵士の報に、僕は肩を落とす。

「……アルカン様、捜索はまだ始まったばかりです。エルヴィ殿下も、きっと見つけることができます」

「シルヴァ様……ありがとうございます」

肩に手を置いて不器用に慰めるシルヴァ様に、僕は微笑みで返した。

◇◆◇◆◇

「そう……」

エルヴィ殿下達との戦を終えてから二週間。

僕の報告を受けたディアは、キュ、と唇を噛んだ。

「ヨキレフトの遺体はすぐに発見できたものの、エルヴィ殿下は依然不明のままです。その生死さえも、把握できておりません」

エルヴィ殿下が発見できていないこと、そして、今も捜索を続けてはいるものの、もう発見は不可能である見込みが高いことを伝え、僕は肩を落とした。

「……力及ばず、申し訳ありません」

「フフ、いいのよ……あの子も覚悟を持って戦に挑んだはずよ」

深々と頭を下げるシルヴァ様に、ディアはそう言って静かにかぶりを振った。

「それより、少し一人になりたいわ。悪いけど、席を外してくれる？」

「はい……失礼します」

「……失礼いたします」

僕とシルヴァ様は、執務室を出た。

最後まで気丈に振る舞おうと笑顔で見送る、ディアを置いて。

「さて……じゃあ、行きましょうか」

「……？　どちらへ？」

シルヴァ様にそう声を掛けると、彼女は首を傾げた。

「もちろん、ラウディオ閣下のところです」

「……ああ」

どうやらシルヴァ様は理解したようだ。

今後のことを、ラウディオ侯爵と決めておかないといけないからね。

ということで。

「……そうか」

僕達はラウディオ侯爵の屋敷へ行き、全ての顛末を伝えた。

「それでアルカン君、これからどうするのだ？」

「はい。今回の失敗で、モルガン皇子は完全に失脚したはずです」

エルヴィ殿下とヨキレフトを支援するため、モルガン皇子は一万の兵や大量の物資を公国へと送り込んだ。

このクーデターが成功するのであれば問題なかったが、残念ながら失敗に終わった。

ならば、一万の兵と大量の物資の損失を追及されるのは必至。

特に、非情の采配でメルヴレイ帝国を強国とした皇帝、ブレゾール＝デュ＝メルヴレイがそれを許すはずがない。

たとえ、実の息子であったとしても。

「これでサヴァルタ公国の後継者はリューディア殿下しかいないことを、メルヴレイ帝国も認めざるを得ません。なんせ、正統な血筋はリューディア殿下しか残されていないのですから」

「うむ……確かにな」

僕の言葉に、ラウディオ侯爵はゆっくりと頷く。

仮に他の者を王位に就けようとすれば、ただでさえ帝国に対して反感を抱いているサヴァルタの民を、余計に刺激しかねない。

それこそ、メルヴレイ帝国に新たな火種を巻き起こしてしまうほどに。

はは……帝国からすれば、殊の外面白くないだろうな。

だけど、だからこそ次のこちらの出方が効果的になる。

「それで……こうするのはいかがでしょうか？」

「ほう……？」

「……？」

ラウディオ侯爵と傍に控えていたシルヴァ様を手招きし、そっと耳打ちした。

「……なんだと？」

「……本気ですか？」

「はい、本気です」

驚く二人に、僕は首肯した。

この策を用いれば、サヴァルタ公国は時を稼ぐことができる。

メルヴレイ帝国を打倒するための、準備の時を。

「……では、そういうことでよろしいでしょうか？」

「クク……今やこのサヴァルタ公国で、参謀アルカン＝クヌートに従わぬ者はおらん。無論、この私もな」

ラウディオ侯爵が、愉快そうにくつくつと笑った。

「……も、もちろん！　私も生涯をあなたに捧げます！」

「あ、あはは……ありがとうございます……」

ものすごい勢いで、ずい、と身を乗り出すシルヴァ様。

は、鼻息荒い上に重い……。

「ではラウディオ閣下、準備をよろしくお願いします」

「うむ、任せろ」

僕とラウディオ侯爵は、口の端を持ち上げながら頷いた。

◇◆◇◆◇

僕とディア、それにシルヴァ様とラウディオ侯爵は今、メルヴレイ帝国の皇都にある皇宮の来賓室にいる。

これから皇帝、ブレゾール＝デュ＝メルヴレイに謁見するために。

名目上は、先日の両国親善のための使節団派遣への返礼ということになっている。

だけど、僕達の目的はそうじゃない。

この会談で、ディアが公女王に即位することを認めさせるんだ。

「リューディア殿下、緊張していますか？」

「フフ、緊張していないと言えば、嘘になるわね」

僕の問い掛けに、ディアはクスリ、と笑った。

「……大丈夫です！　リューディア殿下なら必ずや、やり遂げることができます！」

「ありがとう、将軍」

両手の拳を握りしめながら意気込むシルヴァ様に、ディアは微笑みで返す。

「クク……だが、よもや帝国側が、仮面を被ったままでの謁見を認めるとは思いもよらなんだな」

僕の顔を見ながら、ラウディオ侯爵はくつくつと笑った。

「そうですね……それは僕も意外でした」

普通であれば、仮面を被った者を謁見させるなんて、絶対にあり得ない。

もちろんラウディオ侯爵による働きかけはあったものの、それでも、僕は認められるとは思ってもみなかった。

「……帝国が何を考えているのかは分かりませんが、用心はいたします」

「うむ、そうするに越したことはない」

そう言うと、ラウディオ侯爵は頷いた。

すると。

――コン、コン。

「お待たせいたしました。準備が整いましたので、謁見の間へご案内いたします」

やってきた深緑の髪と翡翠の瞳をした侍女が、恭しく一礼した。

「さあ……行くわよ！」

「はい！」

「……はっ！」

「うむ」

ディアの掛け声と共に、僕達は侍女の後に続いて謁見の間へと向かう。

いよいよ僕は対峙する。

かつて、父だった男に。

そして。

「面を上げよ」

玉座に座る皇帝の言葉を受け、跪いている僕達は顔を上げた。

その瞬間、僕の胸の奥から、あえて言葉に表すなら怒り、憎しみ、苦しみ、悲しみ……それらが溶けた鉄のようにどろどろになり混ざり合って湧き上がってくるような感覚に襲われる。

だが、それを悟られてこの会談を台無しにするわけにはいかない。

僕は胸襟を鷲づかみし、必死に感情を抑え込んだ。

「サヴァルタ公国第一公女、リューディア＝ヴァレ＝サヴァルタが偉大なる皇帝陛下にご挨拶申し上げます」

「堅苦しい挨拶はよい。それより、遠路はるばるご苦労であった」

「ありがとうございます」

皇帝の労いの言葉に、ディアは深々と頭を下げた。

「此度は実の弟の乱心と愚かな部下の暴走により、サヴァルタも大変であったな。して、国内はもう落ち着いたのか？」

「はい……こちらに控えます将軍、ロイカンネンによって無事に鎮圧し、ことなきを得ました」

「それは重畳《ちょうじょう》」

ディアの言葉に、皇帝がゆっくりと頷いた。

「ついては、皇帝陛下に是非ともお願いしたい儀がございます」

「ほう……？」

そう切り出した瞬間、皇帝の視線が鋭いものに変わった。

はは……やはりディアの即位を警戒しているか。

「既に公国には、私以外に正統な後継者がおりません。加えて、私も十七歳となり、成人を迎えております」

「……それがどうした？」

皇帝は僅かに眉根を寄せながら、ぶっきらぼうに返す。

まるで、聞く耳を持たないとばかりに。

だけど。

「……ですが、残念ながらサヴァルタ公国は、その事件により国内に動揺が走っており、加えて外務大臣をはじめとした要職に就く貴族達の粛正により人材も乏しく、厳しい状況が続いております」

「……………………」

「そこで皇帝陛下、今もサヴァルタ公国はメルヴレイ帝国に従属しておりますが、我々は改めて服従を誓います。ですので何卒、公国を安定させるためにお力をお貸しいただけますでしょうか……？」

ディアがそう告げた瞬間、謁見の間がどよめいた。

まさか強硬派であるはずのディアが、こんな申し出をするなんて夢にも思わなかっただろう。

といっても、これだけじゃ面従腹背《めんじゅうふくはい》を疑って、そう簡単には信用しないだろうけど。

だから。

「つまり、今回の粛正によって空白となってしまった領地を治めるために、帝国より代官を派遣していただけますでしょうか」

はは……ここまで提案すれば、帝国としても否やはないはず。

だってこれは、帝国からすればタダでサヴァルタ公国の領地の一部を手に入れることができるのと同義なのだから。

もちろん、帝国から人員が派遣されたとしても、連中に好きにさせるつもりはない。

そのための策も、当然用意してある。

「ふむ……サヴァルタは、そこまで厳しい状況にあるか……」

「はい……皇帝陛下、何卒お慈悲を……」

先ほどまでとは打って変わり、どこか声を弾ませる皇帝。

そんな目の前の男に対し、ディアは床に手をついて頭を下げた。

その姿に、僕は血を流すことをいとわないほど唇を噛む。

もちろん苦渋の選択であることを装い、帝国の連中を欺くためという意味もあるが、僕自身が何よりつらかったから。

ディアにこのような屈辱的なことをさせてしまったことへの、罪の意識で。

「……分かった。ならば、すぐにでもサヴァルタに人を送ろう。詳細については、大臣達と相談するがよい」

「ありがとうございます。これでようやく、私もサヴァルタ公国の公女王になる者として、民を平和へと導くことができます」

「っ!?　……なるほどな。確かにただの公女のままであっては、国の統治は難しいか……」

皇帝は一瞬目を見開くが、顎鬚を撫でながら思案する。

さあ……次の一言で最後だ。

これでディアは、事実上のサヴァルタ公国の統治者だ。

「ですので皇帝陛下……私はいずれ公女王の座に就く者として、立太女《りったいじょ》の儀に臨みたいと思いますが……よろしいでしょうか？」

そう……たとえ領地を割譲するような真似をしたところで、いきなり公女王にしろと言っても、この皇帝は絶対に認めるはずがない。

だが、統治者としての資格さえ認めさせれば、その後ディアが公女王を宣言したとしても、異を唱えることができなくなる。

もちろんこの立太女の儀を行うに当たっては、帝国だけでなく周辺諸国からも要人を招くつもりだ。

いずれ公女王の座に就く時に、帝国が反対できなくなる環境を整えるために。

そして。

「……分かった。リューディア公女が王太女《おうたいじょ》となることを認めよう。その時は帝国からも、盛大に祝福しようぞ」

「ありがたき幸せ」

皇帝のその言葉を受けてもなお、ディアは表情を崩さない。

でも、僕には分かる。

ディアが……僕の主君が、心の底から歓喜していることを。

それは、僕やシルヴァ様、ラウディオ侯爵も。

「ハハハハハ！　誠に、有意義な会談であった！」

皇帝は立ち上がり、上機嫌で笑う。

「ではリューディア公女、これで失礼する」

「はい、ありがとうございました」

深々と頭を下げるディアを見て満足げに頷くと、皇帝は謁見の間を出ていった。

僕達も、先程の侍女に連れられて謁見の間を後にし、皇宮の玄関へと向かう。

「それでは、詳細については後日改めて」

「うむ」

ラウディオ侯爵が帝国の大臣と握手を交わすと、僕達は馬車へと乗り込んだ。

「では、失礼します」

帝国の大臣達に見送られながら、僕達を乗せた馬車は皇宮を出た。

その瞬間。

「アル！　やった、やったわ！」

「はい！　おめでとうございます！　リューディア殿下！」

真紅の瞳から大粒の涙を零したディアが、馬車の中であることを忘れて勢いよく僕の胸へと飛び込んだ。

僕もそんな愛しい彼女を受け止め、強く抱きしめる。

「……リューディア殿下、アルカン様、おめでとうございます！」

「クク……やりましたな！」

シルヴァ様もラウディオ侯爵も、さすがにこの時ばかりは満面の笑みを浮かべ、僕とディアをまとめて抱きしめてきた。

「グス……フフ、それもこれも、全部アルのおかげよ！　アルがいたから、私はここまで来れたの！」

「いいえ！　全てはリューディア殿下のお力です！　あなたが……真に公女王となるに相応しい御方だからこそです！」

そうだ。僕がしたことなんて、ただ策を弄しただけに過ぎない。

本当の公女王には、それだけでなることはできない。

国を支える全ての者から求められる、絶対的な魅力。

それこそが、公女王となるために必要なものなのだから。

ディアこそが、それを持ち合わせているのだから。

そんな彼女に僕は、どうしようもなく惹かれているのだから。

僕達四人は喜びを分かち合いながら、サヴァルタの民が待つ公国へと帰った。

◇◆◇◆◇

——それから、三か月後。


「リューディア＝ヴァレ＝サヴァルタ、前へ」

「はい」

立太女の儀を執り行う、ラウディオ侯爵の言葉を受け、ディアが前へと進む。

本来であれば、この立太女の儀は公王によって執り行われるべきだが、前公王は既に他界し、他の王族はディアを除いて一人もいない。

だから、公国内で最も位の高い貴族であり、かつ、前公王の親友でもあったラウディオ侯爵が務めることとなった。

ラウディオ侯爵も一度はその役目を断ったものの、ディアに再度懇願され、結局は快諾した。

とはいえ、大事な親友の娘としてディアを見守ってきたラウディオ侯爵。本音はすごく嬉しいんだろうな。

「……リューディア殿下、素敵です……！」

表情を変えずにそう呟くのは、僕の隣にいるシルヴァ様。

今日この時ばかりは、立太女の儀が行われている公都の中央広場の警備を部下に任せ、僕と共に参列していた。

何より、公国の英雄であるシルヴァ様がディアと共にあるということは、今後のサヴァルタ公国の発展を考えれば必要不可欠だからね。

なお、この立太女の儀の場には、当然ながらメルヴレイ帝国からも大勢の者が来賓として参列している。

いずれも、今は亡きヨキレフト達、粛正された貴族が治めていた領地に代官としてやってくる予定の者達だ。

はは……精々このサヴァルタを発展させてくれ。

準備が整い次第、オマエ達を追い出して全てをディアのものにするから。

そして周辺諸国からも、大臣クラスの使者が参列している。

メルヴレイ帝国が認めた立太女の儀ということもあるが、先のエルヴィ公子との内乱などもあってサヴァルタ公国の情勢を見極めたいんだろう。

もちろん僕達はこの機会を最大限利用して、サヴァルタ公国と周辺諸国とのパイプを太くするつもりだ。

とはいえ、それは主にラウディオ侯爵の役目だけど。

そして。

「リューディア＝ヴァレ＝サヴァルタ、汝をサヴァルタ公国の王太女として認める。民を愛し、国を愛し、公女王となるに相応しいものとして、尽くしてまいれ。さすれば、今こうして汝を見守る者達が、支えてくれるであろう」

「はい、このリューディア、謹んで拝命いたします。そして必ずや、サヴァルタ公国を平和で、みんなが幸せに暮らしてゆける国とすることを、ここに宣言いたします」

ラウディオ侯爵の言葉に、ディアは跪きながら口上を返した。

「今ここに、次の公女王となる王太女が誕生した！　皆の者、王太女リューディア殿下に祝福を！」

「「「「ワアアアアアアアアアアア！」」」」

「リューディア王太女殿下、万歳！」

「サヴァルタ公国、万歳！」

立太女の儀を見守っていた大勢の人達による万歳の大合唱が巻き起こり、それがうねりとなってこの広場を埋め尽くした。

「シルヴァ様！　僕達も！」

「……はい！」

僕とシルヴァもそのうねりに加わると。

「リューディア殿下、万歳！」

「……リューディア殿下、万歳！」

顔を綻ばせるディアに向け、思いきり両腕を伸ばして万歳をした。

誰も味方がいない中、たった一人で帝国に抗おうともがいていた気高く、心優しい公女殿下と、〝厄災の皇子〟として忌み嫌われた僕が出逢い、この時を迎えることができた。

でも、これは始まりに過ぎない。
ディアが王太女となったこの先も、ディアの……僕達の苦難は、まだまだ続く。
何より、僕達には果たすべき復讐と大望がある。
それを叶え、ディアが幸せになるその時まで、僕はあらん限りの策を講じてみせる。
——リューディア公女殿下を支える、ただ一人の参謀として。

エピローグ　「じゃあね」

「ふう……」

立太女の儀が無事に終わり、公都は今、サヴァルタの民達の喜びに包まれていた。

宮殿においても各国の要人を招いた祝賀会が行われ、英雄であるシルヴァ様や取り仕切るラウディオ侯爵は大忙しだろう。

もちろん、主役であるディアも。

だけど僕はその祝賀会には参加せず、一人で公都の外れにある小高い丘の上に来ている。

ここから一望する公都は、そこに住む人々の灯火によって煌々と輝いていた。

「さて……僕一人で、申し訳ありません」

丘の頂上にポツン、と立つ、一本の木。

その木にもたれかかりながら、僕はそう呟いて苦笑した。

「あなたも既に成人を迎えておられますから、問題ありませんよね？」

僕が持ってきた瓶の栓を抜き、その中身を木の根元にかけると、芳醇なワインの香りが鼻をくすぐった。

「あはは……実は僕、まだお酒は飲んだことがないんです。だから、僕とお酒を酌み交わしたのは、あなたが最初ですよ」

そう木に語りかけ、僕は瓶ごとラッパ飲みした。

上品にグラスを持ってきてもよかったけど、なんとなくそれは僕には相応しくないような気がしたから。

だけど……はは、僕にはお酒はあまり向いてないかも……。

火照る顔をぺたぺたと触りながら、公都を眺めていると。

「？　あれは……」

暗闇の中から、一人の影が近づいてくる。

背格好から察するに、どうやら女性のようだ。

そして。

「フフ……ここにいたのね」

「あ……」

現れたのは、ディアだった。

「そ、その……祝賀会はよろしいのですか……？」

「ええ……あとは将軍とラウディオ卿に任せてきたわ」

「そ、そうですか……」

僕はいたたまれなくなり、思わず目を伏せる。

だって、ここは……。

「……アル。ここに、エルヴィが眠っているんでしょう？」

「っ⁉」

静かに告げるディアの言葉に、僕は息を吞む。

ど、どうしてそれを……。

「フフ……アルったら、すぐ顔に出るから分かりやすいわね。帝国の連中も来ることだし、これからは常に仮面を被ったほうがいいわよ？」

そう言って、ディアはクスクスと笑った。

「よいしょ、と……アル、エルヴィの最期、教えてくれる？」

僕の隣に座ったディアが、そうお願いした。

「……あれは、ヨキレフトの遺体を見つけてから二日目の昼でした」

僕達はシルヴァ様が追いきれなかったとされる、崖の上へと通じる小道を登って捜索したものの、その先には鬱蒼《うっそう》とした森が広がっており、捜索は難航した。

引き続き捜索を続ける中、一人の兵士がまるで何かを隠すかのように大量の大きなシダの葉で覆われている場所を発見した。

多量の葉を取り除くと、現れたのは敵兵の服を着た遺体だった。

探しているのはエルヴィ公子のため、その兵士は捜索を再開しようとしたけど、どうにも違和感が拭えなかったらしく、思い留まってその遺体を改めて確認した。

すると。

「……兵士の装備を着せられて偽装された、エルヴィ殿下でした」

発見されたエルヴィ公子の遺体は、すぐさま僕とシルヴァ様のいる幕舎《ばくしゃ》へと運び込まれた。

遺体を確認した結果、心臓を一突きにされ、更に首には刃物によって掻き斬られた傷があった。

「おそらくは、帝国の者の手によって殺されたものと思われます」

「そう……」

全てを話し終えると、ディアはそっと目を瞑る。

本当は、ディアにこのことを知られたくはなかった。

僕が見た、エルヴィ公子の遺体にあった表情。

あれは……信じていた者に裏切られた時の、絶望の表情だったから。

父親であるあの男に……皇帝に毒殺されかけた、僕にはそれがよく分かる。

すると。

「フ、フフ……信じられないと思うけど、エルヴィはね？　お父様とお母様がまだ生きていた頃は、素直で優しくて、暗いところが苦手な可愛らしい弟だったのよ」

「…………………………」

「それが、お父様達が殺されてしまって、帝国やあのヨキレフトに翻弄されて、自分を見失って、歪んでしまって……っ」

「ディア……」

「でも……でもね？　それでもエルヴィは、私のたった一人の弟で……！　それで……それで……っ！」

「ディア！」

とうとう堪え切れなくなり、その真紅の瞳からぽろぽろと涙を零すディアを、僕は強く抱きしめた。

「エルヴィ……エルヴィ……ああああああああああ……っ！」

「ディア……」

たった一人の弟が無惨に殺された事実を知って、胸の中で慟哭するディア。

僕はそんな彼女を、ただ抱きしめていた。

ディアの心が、少しでも癒されるようにと願いながら。

◇◆◇◆◇

「グス……もう、大丈夫よ……」

あれから、どれだけの時間が経ったのかは分からない。

だけどディアは、エルヴィ公子を失った哀しみに、ようやく折り合いをつけたようだ。

「フフ……アル、みんなのところに帰りましょう。今頃、将軍もラウディオ卿も、私達を必死に探しているはずよ？」

そう言うと、ディアはちろ、と舌を出し、泣き腫らした顔で悪戯っぽく微笑んだ。

「は、はい」

僕は彼女の手を取り、公都へと歩を進める。

その時。

「……じゃあね、エルヴィ」

ディアは後ろを振り返り、ポツリ、と呟いた。

《了》

あとがき

この度は、「公女殿下の参謀様」をお手に取っていただき、ありがとうございます。

初めまして。「小説家になろう」様や「カクヨム」様、私の他作品をお読みいただだいている皆様は改めまして。サンボンです。

さてさて、本作品については「小説家になろう」様に投稿しておりましたが、ありがたいことに書籍化のお声がけをいただき、それはもう張り切って書かせていただきました。

もうどれくらい張り切ったかというと、全体の六割……いや、八割くらい書き下ろしとなっており、もはや完全新作って呼んでいいんじゃないかって思えるほどです。

ただ、カバー袖コメントにもありますとおり、私はノープロットで小説を書くスタイルのため、本作品のように策謀系の内容ですと展開の構成に毎回頭を悩ませ、書いては伏線を仕込み、矛盾が生じては書き直すという、私が普段書いている作品の倍以上の時間がかかった、それはもう「よくこれだけのものを書き切れたなあ……」と、あとがきを書きながらしみじみ思っております。

とはいえ、私はこういう策謀系の物語が大好きなので、それはもう喜々として書いておりました。

どれくらい好きかというと、みんな大好き「三〇志」や「信〇の野望」などは新作が出るたびに必ずプレイするくらい大好きですし、リメイクされた「太閤○志伝V」なども今もやりこんでいるくらいに好きです。

なので、よく「三国志」や「史記」などで登場する策略なども大いに参考にしており、本作品にもところどころ見受けられると思いますので、ぜひ探してみてはいかがでしょうか。

ということで、なんとか無事（無理やり）にページを埋めることができましたので、最後に感謝の言葉を。

担当編集K様、いつも迅速かつ丁寧なご対応、本当にありがとうございます。

素晴らしく美麗なイラストを描いてくださいました大河様、本当にありがとうございます。イラストをいただいた際には思わず拝んでしまいました。

本作の出版、発売に携わってくださいました全ての皆様、誠にありがとうございました。

創作関係でいつも支えてくださる皆様、いつもありがとうございます。

そして最後に、応援、お読みいただいた読者の皆様、ありがとうございました。

またお逢いできる時を楽しみにしております。

サンボン

公女殿下の参謀様 1
～『厄災の皇子』と呼ばれて忌み嫌われて殺されかけた僕は、復讐のために帝国に抗い続ける属国の公女殿下に参謀として取り入った結果、最高の幸せを手に入れました～

発 行
2023年2月15日　初版第一刷発行

著 者
サンボン

発行人
山崎　篤

発行・発売
株式会社一二三書房
〒101-0003　東京都千代田区一ツ橋 2-4-3 光文恒産ビル
03-3265-1881

編集協力
株式会社パルプライド

印 刷
中央精版印刷株式会社

作品の感想、ファンレターをお待ちしております。
〒101-0003　東京都千代田区一ツ橋 2-4-3 光文恒産ビル
株式会社一二三書房
サンボン 先生／大河 先生

Printed in Japan, ISBN 978-4-89199-933-9 C0093
※本書は小説投稿サイト「小説家になろう」（https://syosetu.com/）に掲載された作品を加筆修正し書籍化したものです。